Washington Irving, auch als »Vater der amerikanischen Literatur« bezeichnet, ist vor allem mit seinen Kurzgeschichten bekannt geworden. Seine unheimlichen Geschichten wie *Die Sage von Sleepy Hollow* und *Rip van Winkle* sind bis heute äußerst populär und wurden mehrfach verfilmt.

Die Sage von Sleepy Hollow erzählt die Geschichte eines kopflosen Reiters, der ein ganzes Dorf in Angst und Schrecken versetzt. Satirisch-humorvoll schildert Irving die Figur des abergläubischen Schulmeisters Ichabod Crane, der in seinem Werben um das schönste Mädchen im Dorf bald Bekanntschaft mit diesem Geist machen muß.

Die vorliegende Sammlung enthält zudem die Geschichten *Rip van Winkle, Der Geisterbräutigam, Die Sage vom arabischen Sterndeuter* sowie *Die Sage vom Vermächtnis des Mauren.*

Washington Irving, geboren am 3. April 1783 in New York, ist am 28. November 1859 in Sunnyside / New York gestorben.

insel taschenbuch 3451
Washington Irving
Die Sage von Sleepy Hollow

Washington Irving
Die Sage von
Sleepy Hollow

und andere unheimliche
Geschichten
Aus dem Amerikanischen
von Erika Gröger
Insel Verlag

4. Auflage 2024

Erste Auflage 2009
insel taschenbuch 3451
Insel Verlag Frankfurt am Main und Leipzig
© Insel-Verlag Leipzig 1976
Alle Rechte vorbehalten, insbesondere das des
öffentlichen Vortrags sowie der Übertragung durch
Rundfunk und Fernsehen, auch einzelner Teile.
Kein Teil des Werkes darf in irgendeiner Form
(durch Fotografie, Mikrofilm oder andere Verfahren)
ohne schriftliche Genehmigung des Verlages reproduziert
oder unter Verwendung elektronischer Systeme
verarbeitet, vervielfältigt oder verbreitet werden.
Hinweise zu dieser Ausgabe am Schluß des Bandes
Vertrieb durch den Suhrkamp Taschenbuch Verlag
Umschlag nach Entwürfen von Willy Fleckhaus
Satz: Satz-Offizin Hümmer GmbH, Waldbüttelbrunn
Druck: CPI books GmbH, Leck
Printed in Germany
ISBN 978-3-458-35151-1

Insel Verlag Anton Kippenberg GmbH & Co. KG
Torstraße 44, 10119 Berlin
info@insel-verlag.de
www.insel-verlag.de

Inhalt

Inhalt

Die Sage von Sleepy Hollow

Unter den Schriften des verstorbenen
Diedrich Knickerbocker gefunden

> Für Schläfrige ist dies ein köstlich
> Land, vor halbgeschlossnen Augen
> Träume wogen, Luftschlösser blitzen
> auf am Himmelsbogen, der ewig
> heiter sich darüber spannt.
> *Schloß der Trägheit*

Angeschmiegt an eine jener weiträumigen Buchten, die das Ostufer des Hudsons bildet, der sich dort zum Tappan Zee ausweitet, wie ihn die alten holländischen Schiffer nannten und wo sie bei der Überfahrt stets vorsichtig die Segel refften und den heiligen Nikolaus um Schutz anflehten, liegt ein kleiner Marktflecken, eine Art Binnenhafen, den manche Greensburgh nennen, der aber weit und breit viel treffender unter dem Namen Tarrytown, Stadt der Herumlungerer, bekannt ist. Diesen Namen soll er in früheren Zeiten von den fleißigen Hausfrauen dieser Gegend erhalten haben wegen der unüberwindlichen Neigung ihrer Ehemänner, an Markttagen im dortigen Wirtshaus herumzulungern. Ich kann nicht dafür bürgen, ob es sich wirklich so verhielt, aber ich erwähne diese Tatsache der Genauigkeit und Glaubwürdigkeit halber. Nicht weit, ungefähr zwei Meilen von dem Ort entfernt liegt zwischen hohen Hügeln ein kleines Tal oder vielmehr ein Streifen Land, eines der friedlichsten Plätzchen auf der ganzen Welt. Ein kleiner Bach fließt dort, dessen Murmeln gerade für ein Wiegenlied reicht; und das

Pfeifen einer Wachtel oder das Hämmern eines Spechts sind beinahe die einzigen Geräusche, von denen die lautlose Stille hin und wieder unterbrochen wird.

Ich erinnere mich, daß ich als Grünschnabel dort beim Eichhörnchenschießen meine erste Heldentat vollbrachte, in einem Gehölz mit hohen Walnußbäumen, das eine Seite des Tales beschattet. Ich war zur Mittagszeit hinausgewandert, wenn es in der Natur besonders schweigsam ist, und wurde vom Knall meiner eigenen Flinte erschreckt, der die sonntägliche Stille ringsum unterbrach und vom zornigen Echo verlängert und wiederholt wurde. Sollte ich mich je einmal zurückziehen wollen, um die Welt mit ihrer Hast zu fliehen und den Rest meines Lebens still zu verträumen, so wüßte ich keine geeignetere Gegend als dieses kleine Tal.

Wegen der beschaulichen Ruhe des Ortes und dem eigenartigen Charakter seiner Bewohner, die Nachkommen der ersten holländischen Ansiedler sind, war dieses abgelegene Tal unter dem Namen ›Sleepy Hollow‹, bekannt, und die Bauernburschen dort heißen überall in der Nachbarschaft nur die Burschen von Sleepy Hollow. Die Gegend macht tatsächlich einen schläfrigen, verträumten Eindruck, der die ganze Atmosphäre zu bestimmen scheint. Manche Leute sagen, daß der Ort in der ersten Zeit der Besiedlung von einem berühmten deutschen Doktor verzaubert worden sei; andere wieder behaupten, ein alter Indianerhäuptling, ein Prophet oder Zauberer seines Stammes, habe dort seine Beschwörungen vorgenommen, bevor Meister Hendrick Hudson das Land entdeckte. Gewiß ist, daß das Tal noch immer von einer Zaubermacht in Bann gehalten wird, die über die Gemüter dieser braven Leute dort herrscht und die Ursache dafür ist, daß sie zeit ihres Lebens wie im Traum umherwandeln. Sie glauben an alle möglichen Wunder, geraten in Verzückung und haben Visionen, sehen häufig merkwürdige Gesichte und hören Musik und Stimmen aus der Luft. Überall im Tal werden Dutzende von Sagen erzählt, gibt es zahlreiche Stätten, wo es spukt, und viele abergläubische Gewohnheiten. Sternschnuppen und Meteore erstrahlen öfter über dem Tal als sonst im Lande, und der Nachtmahr mit seiner neunfachen Kraft scheint es als Lieblingsplatz für sein Treiben auserkoren zu haben.

Das Hauptgespenst jedoch, das in dieser verzauberten Gegend am meisten umgeht und von allen Geistern der Lüfte der Oberbefehlshaber zu sein scheint, ist ein Reiter ohne Kopf. Es soll der Geist eines hessischen Soldaten sein, dem bei irgendeiner Schlacht im Revolutionskrieg eine Kanonenkugel den Kopf abgerissen hat und den das Landvolk hin und wieder im Dunkel der Nacht wie auf Windesflügeln dahinjagen sieht. Er geht nicht nur im Tal um, sondern erscheint bisweilen auch auf den angrenzenden Landstraßen und besonders bei einer nahen Kirche. Einige sehr zuverlässige Geschichtsschreiber dieser Gegenden, die sorgsam die umlaufenden Gerüchte über diese Erscheinung gesammelt und ausgewertet haben, behaupten sogar allen Ernstes, daß der Soldat auf dem Friedhof begraben sei und sein Geist des Nachts zum Kampfplatz reite, um seinen Kopf zu suchen, und daß er deshalb so schnell wie ein mitternächtlicher Sturm durch das Tal jage, weil er sich verspätet habe und nun schleunigst noch vor Tagesanbruch zum Friedhof zurückkehren wolle.

Soviel allgemein zum Inhalt dieser abergläubischen Sage, die den Stoff für manche Schauergeschichte in jener düsteren Gegend geliefert hat; und das Gespenst ist an allen Kaminen im Land unter dem Namen des ›Kopflosen Reiters aus Sleepy Hollow‹ bekannt.

Eigenartig ist, daß sich die erwähnte Neigung zu Gesichten nicht allein auf die Einheimischen beschränkt, sondern unbewußt auch von allen anderen angenommen wird, die eine Zeitlang im Tal leben. So hellwach sie auch gewesen sein mochten, bevor sie diese schläfrige Gegend betraten, so atmen sie sicherlich schon bald die verzauberte Luft ein und lassen ihrer Einbildungskraft freien Lauf, haben Träume und sehen Gespenster.

Trotzdem kann ich dieses friedliche Fleckchen Erde nicht genug preisen, denn gerade in solchen kleinen, abgeschiedenen holländischen Tälern, wie man sie hier und da im großen Staat New York noch findet, bleiben Bevölkerung, Sitten und Gewohnheiten unverändert, während der große Strom der Wanderlustigen und des Fortschritts, der in allen anderen Teilen unseres ruhelosen Landes ständig Veränderungen bewirkt, unbemerkt an ihnen vorbeifließt. Sie sind wie kleine Buchten stillen Wassers am Ufer eines reißenden Stroms, wo man Strohhalme und Wasserblasen langsam treiben sieht oder sie sich ruhig in einem kleinen Miniaturhafen drehen, geschützt vor der heftigen Strömung, die vorüberrauscht. Obgleich viele Jahre verstrichen sind, seit ich zum letzten Mal unter den einlullenden Schatten von Sleepy Hollow gegangen bin, frage ich mich doch, ob ich nicht noch immer dieselben Bäume und dieselben Familien in ihrem geschützten Schoß finden würde.

In diesem abgelegenen Ort lebte in einer frühen Periode der amerikanischen Geschichte, vor etwa dreißig Jahren, ein ehrenwerter junger Mann mit Namen Ichabod Crane, der sich in Sleepy Hollow aufhielt oder, wie er es nannte, dort verweilte, um die Kinder der Gegend zu unterrichten. Er stammte aus Connecticut, einem Staat, der die Union mit Pionieren des Geistes wie mit solchen für den Wald versorgt und jedes Jahr Legionen von Waldarbeitern und Dorfschulmeistern auf die Wanderschaft schickt. Der Familienname Crane, Kranich, paßte sehr gut zu ihm. Er war groß, sehr hager, hatte schmale Schultern, lange Arme und Beine, Hände, die meilenweit aus seinen Ärmeln herausbaumelten, und wahre Schaufeln von Füßen, und seine ganze Gestalt hing nur lose zusammen. Sein Kopf war klein und oben abgeflacht, er hatte ungeheure Ohren, große, gläserne grüne Augen und eine lange Schnepfennase, so daß er einem Wetterhahn glich, der sich auf dem spindeldürren Hals niedergelassen hatte, um anzuzeigen, woher der Wind weht. Wenn man ihn an einem windigen Tag über einen Hügel gehen sah und seine Kleider sich flatternd um ihn bauschten, hätte man ihn für das Gespenst der Not halten können, das auf der Erde umging, oder auch für eine aus einem Kornfeld entflohene Vogelscheuche.

Sein Schulhaus war ein niedriges Gebäude mit einem einzigen großen Raum, grob aus Baumstämmen zusammengefügt; die Fenster waren teils verglast, teils mit Blättern aus alten Schreibheften zugeklebt. In der schulfreien Zeit war es sinnvoll durch eine um den Türgriff geschlungene Weidenrute gesichert sowie durch Stangen, die gegen die Fensterläden gestemmt waren, so daß ein Dieb zwar mit Leichtigkeit hinein-, aber nur schwer wieder herauskommen konnte – ein Einfall, den der Baumeister Yost van Houten höchstwahrscheinlich dem Geheimnis einer Aalreuse abgeschaut hatte. Das Schulhaus stand an einer ziemlich einsamen, aber landschaftlich schönen Stelle am Fuß eines bewaldeten Hügels, an dem in der Nähe ein Bach vorbeifloß, und auf der anderen Seite stand eine mächtige Birke. Von dort konnte man an manch einem schläfrigen Sommertag das leise Murmeln seiner Schüler vernehmen, die ihre Lektionen aufsagten. Es klang wie das Summen eines Bienenstocks, das nur ab und zu von der gebieterischen Stimme des Lehrers mit einer Drohung oder einem Befehl unterbrochen wurde, manchmal allerdings auch durch den schrecklichen Knall einer Birkenrute, die einen säumigen Faulenzer wieder auf den blumigen Pfad des Wissens zurückwies. Um die Wahrheit zu sagen, der Lehrer war ein gewissenhafter Mensch, der sich stets des goldenen Leitspruchs bewußt war: ›Schonst du die Rute, verwöhnst du das Kind.‹ Und Ichabod Cranes Schüler waren gewiß nicht verwöhnt.

Ich möchte ihn aber keinesfalls als einen jener grausamen Schultyrannen hinstellen, die sich an der Qual ihrer wehrlosen Untertanen weiden. Im Gegenteil, er ließ Gerechtigkeit eher mit Nachsicht denn mit Strenge walten, nahm die Last von den Schultern der Schwachen und bürdete sie den Starken auf. Ein zartes Bürschchen, das schon bei der geringsten Bewegung der Rute zitterte, überging er nachsichtig, während ein kleiner, zäher, dickköpfiger, breitschultriger Holländerjunge, der trotzte, sich widersetzte und störrisch und verstockt unter der Rute wurde, als ausgleichende Gerechtigkeit eine doppelte Portion erhielt. Das alles nannte er ›seine Pflicht an ihrer Eltern Statt erfüllen‹, und er strafte nie, ohne für den kleinen Dulder die tröstliche Versicherung folgen zu lassen, daß ›er sich stets daran erinnern und ihm sein Lebtag dafür dankbar sein werde‹.

Nach den Schulstunden war er sogar Gefährte und Spielkamerad der größeren Jungen, und an freien Nachmittagen pflegte er ein paar der kleineren heimzubegleiten, die zufällig hübsche Schwestern hatten oder deren Mütter tüchtige Hausfrauen und für die Leckerbissen in ihren Speisekammern bekannt waren. Er mußte allerdings auch mit seinen Schülern auf gutem Fuß stehen. Die Einkünfte aus seiner Lehrtätigkeit waren kärglich und hätten kaum für das tägliche Brot gereicht, denn er war ein kräftiger Esser, und wenn er auch schmächtig war, konnte er doch soviel in sich hineinstopfen wie eine Riesenschlange. Als Beitrag zu seinem Unterhalt erhielt er nach Landessitte Kost und Logis in den Häusern der Bauern, deren Kinder seine Schule besuchten. Bei diesen lebte er abwechselnd eine Woche lang und machte so die Runde in der ganzen Umgebung, all sein Hab und Gut in ein baumwollenes Taschentuch geknüpft.

Um seinen bäuerlichen Gönnern nicht zu sehr auf der Tasche zu liegen, weil diese dazu neigten, Schulkosten als drückende Last und Schulmeister nur als Drohnen anzusehen, machte er sich auf verschiedene Arten nützlich und angenehm. Er ging den Bauern hin und wieder bei leichten Hofarbeiten zur Hand, half bei der Heumahd, besserte Zäune aus, brachte die Pferde zur Tränke, trieb die Kühe von der Weide heim und hackte Holz für den Winter. Dabei verzichtete er auf alle seine Herrscherallüren und die unumschränkte Macht, womit er sonst in seinem kleinen Reich, der Schule, regierte, und wurde überraschend sanft und freundlich. Er fand Gnade vor den Augen der Mütter, weil er ihre Kinder, vor allem die jüngsten, verhätschelte; und gleich dem kühnen Löwen, der einst großmütig das Lämmlein gewiegt, saß er geduldig mit einem Kind auf den Knien da und schaukelte dabei stundenlang mit dem Fuß eine Wiege.

Abgesehen von seinen anderen Funktionen war er auch noch der Gesangslehrer der Gegend und verdiente manchen blanken Schilling damit, daß er den jungen Leuten das Psalmensingen beibrachte. Es schmeichelte seiner Eitelkeit nicht wenig, wenn er an Sonntagen vor einem Chor auserwählter Sänger auf der Empore stand und seiner Meinung nach einen überwältigenden Sieg über den Pfarrer errang. Fest steht jedenfalls, daß seine Stimme die ganze Gemeinde übertönte, und an stillen Sonntagmorgen kann man in der Kirche und eine halbe Meile entfernt auf der anderen Seite des Mühlteiches noch sonderbare Triller vernehmen, die ohne Zweifel aus Ichabod Cranes Kehle stammen sollen. So schlug sich unser würdiger Pädagoge mit verschiedenen Notbehelfen leidlich mit Hängen und Würgen, wie man so sagt, durchs Leben, und wer nichts von den Anstrengungen geistiger Arbeit verstand, mußte annehmen, daß er ein gänzlich unbeschwertes Leben führte.

Auf dem Land ist der Schulmeister in den Kreisen der weiblichen Bevölkerung für gewöhnlich eine gewichtige Persönlichkeit. Er wird als feiner Herr betrachtet, der im Vergleich zu den rohen Bauernburschen überragenden Geschmack und Bildung besitzt und an Wissen eigentlich nur dem Pfarrer nachsteht. Kommt er daher zum Tee in ein Bauernhaus, so verursacht er dort einen kleinen Aufruhr, und es werden noch ein Teller mit Kuchen oder Süßigkeiten und vielleicht auch eine silberne Teekanne zusätzlich auf den Tisch gestellt. Unser Gelehrter erfreute sich deshalb besonderer Gunst bei allen Landmädchen. Und wenn er an Sonntagen zwischen den Gottesdiensten mit ihnen auf dem

Kirchhof hin- und herpromenierte, war er so recht der Hahn im Korb! Er pflückte ihnen Trauben von den wilden Weinreben, die sich üppig an den Bäumen emporrankten, erfreute sie mit dem Vorlesen der Inschriften auf den Grabsteinen oder schlenderte mit einem ganzen Schwarm von ihnen am Ufer des angrenzenden Mühlteiches entlang, während die linkischen Bauerntölpel schüchtern zurückblieben und ihn um seine überlegene Eleganz und Lebensart beneideten.

Da er viel unterwegs war, stellte er auch eine Art wandelnder Zeitung dar und verbreitete den Dorfklatsch immer von Haus zu Haus, so daß er überall gern gesehen war. Darüber hinaus wurde er von den Frauen als hochgebildeter Mann geschätzt, hatte er doch mehrere Bücher ganz durchgelesen und kannte Cotton Mathers ›Geschichte der Hexerei in Neuengland‹, an die er übrigens felsenfest glaubte, in- und auswendig.

Bei ihm mischten sich in Wahrheit ein Anflug von Klugheit und blinde Leichtgläubigkeit auf sonderbare Weise. Sein Interesse an Übersinnlichem und seine Fähigkeit, es in sich zu verarbeiten, waren in hohem Maße ungewöhnlich, und beides war durch seinen Aufenthalt in dieser verzauberten Gegend noch gesteigert worden. Er war so davon eingenommen, daß ihm keine Geschichte zu unglaubhaft oder zu schauerlich war. Einen Hochgenuß bereitete es ihm, wenn er sich am Nachmittag nach dem Schulunterricht in ein üppiges Kleefeld am Ufer des kleinen Baches legte, der am Schulhaus vorbeiplätscherte, und in den gruseligen Geschichten des alten Mather las, bis die Schatten immer länger wurden und die Schrift vor seinen Augen verschwamm. Machte er sich dann durch den Morast neben dem Fluß und durch furchterregende Wälder auf den Heimweg zu dem Bauernhaus, wo er gerade einquartiert war, erregte jedes noch so leise Geräusch in jener Zauberstunde seine erhitzte Phantasie – der klagende Ruf des Ziegenmelkers vom Hügel, das unheilverkündende Quaken der Laubfrösche, die Sturm prophezeiten, der düstere Schrei einer Eule oder das plötzliche Rascheln aufgescheuchter Vögel im Gebüsch. Auch die Glühwürmchen, die an den dunkelsten Stellen ganz hell leuchteten, erschreckten ihn von Zeit zu Zeit, besonders wenn ihm ein sehr glänzendes über den Weg flog, und stieß zufällig ein dicker plumper Käfer auf seinem blinden Flug gegen ihn, so war der arme Bursche beinahe soweit, seinen Geist aufzugeben, weil er glaubte, eine Hexe hätte ihm ihr Brandmal aufgedrückt. Um in solchen Augenblicken die Gedanken zu verscheuchen oder die bösen Geister zu bannen, stimmte er als einzigen Ausweg einen Psalm an, und die braven Leute aus dem Schlummertal, die abends vor ihren Türen saßen, wurden oft von ehrfürchtiger Scheu ergriffen, wenn sie seine näselnde Melodie, lieblich und lange ausgehalten, von einem fernen Hügel oder die staubige Landstraße entlangschweben hörten.

Auch bereitete es ihm ein angenehm schauerliches Vergnügen, die langen Winterabende bei den alten holländischen Frauen zu verbringen, wenn diese beim Feuer saßen und spannen, während ein paar Bratäpfel auf dem Herd zischten. Er lauschte ihren wunderbaren Erzählungen von Geistern, Kobolden und Feldern, auf denen es spukte, von verwunschenen Bächen und Brücken und verhexten Häusern und besonders gern vom Reiter ohne Kopf oder vom galoppierenden Hessen aus Sleepy Hollow, wie man ihn manchmal nannte. Er wiederum machte ihnen die gleiche

Freude mit seinen Geschichten über Hexerei, furchteinflö-
ßende Zeichen und unheilverkündende Erscheinungen und
Geräusche in der Luft, wie es sie früher so häufig in Connec-
ticut gab, und jagte ihnen mit seinen Spekulationen über
Kometen und Sternschnuppen und mit der beängstigenden
Tatsache, daß sich die Erde wirklich im Kreise drehe und sie
ihr halbes Leben lang auf dem Kopfe ständen, einen argen
Schrecken ein.

Aber wenn es für ihn auch ein Vergnügen war, sich in
einem vom rötlichen Schein des prasselnden Holzfeuers erfüllten Zimmer gemütlich in eine Ofenecke zu kuscheln,
wo sich natürlich kein Gespenst von Angesicht sehen ließ,
so war es doch durch die Angst auf dem Heimweg teuer er-
kauft. Welch schreckliche Gestalten und Schatten belager-
ten im trüben und gespenstischen Licht einer Schneenacht
seinen Weg. Wie furchtsam blickte er auf jeden zitternden
Lichtstrahl, der aus einem fernen Fenster über die kahlen
Felder fiel! Wie oft erschrak er vor einem schneebedeckten
Strauch, der wie ein verhülltes Gespenst am Weg lauerte.
Wie oft durchfuhr ihn lähmendes Entsetzen beim Klang
seiner eigenen Schritte auf dem verharschten Schnee, und
er fürchtete sich, über die Schulter zurückzuschauen, um
nicht ein unheimliches Wesen zu erblicken, das ihm dicht
auf den Fersen folgte. Und wie oft versetzte ihn ein heftiger
Windstoß, der durch die Äste fegte, in panische Angst bei
dem Gedanken, daß es vielleicht der galoppierende Hesse
auf einem seiner nächtlichen Ritte sein könne.

Aber das alles waren nur Schrecken der Nacht, in der
Dunkelheit wandelnde Hirngespinste; und obgleich er seinerzeit viele Gespenster gesehen hatte und auf seinen einsamen Streifzügen dem Satan in verschiedenen Gestalten be-

gegnet war, setzte das Tageslicht doch diesem ganzen Treiben ein Ende, und er würde, dem Teufel und allen seinen Werken zum Trotz, ein angenehmes Leben geführt haben. Doch da wurde sein Pfad von einem Wesen gekreuzt, das einem Mann mehr die Sinne verwirrt als alle Geister, Kobolde und Hexen zusammen, und das war – ein Weib.

Unter den Schülern, die an einem Abend in der Woche zusammenkamen, um von ihm im Psalmensingen unterwiesen zu werden, war Katrina van Tassel, Tochter und einziges Kind eines wohlhabenden holländischen Bauern. Sie war ein blühendes Mädchen von knapp achtzehn Jahren, prall wie ein Rebhuhn, reif und schmelzend und rosenwangig wie ein Pfirsich aus ihres Vaters Garten und überall bekannt nicht nur wegen ihrer Schönheit, sondern auch der großen Erbschaft wegen, die sie zu erwarten hatte. Obendrein war sie auch ein wenig kokett, was man sogar an ihrer Kleidung bemerken konnte, die ein Gemisch aus alter und neuer Mode war, dergestalt, daß ihre Reize am besten zur Geltung kamen. Sie trug Schmuck aus purem gelbem Gold, den ihre Ururgroßmutter aus Saardam mitgebracht hatte, das verführerische Mieder der alten Zeit und dazu einen ungewöhnlich kurzen Rock, der die hübschesten Füße und Fesseln in der ganzen Gegend frei ließ.

Ichabod Cranes Herz war dem zarten Geschlecht gegenüber weich und töricht, und es ist nicht verwunderlich, daß ein so verlockender Bissen bald Gnade vor seinen Augen fand, besonders, nachdem er das Mädchen in ihrem väterlichen Hause besucht hatte. Der alte Baltus van Tassel war das vollkommene Bild eines wohlhabenden, zufriedenen und großzügigen Bauern. Es stimmt zwar, daß seine Augen oder Gedanken selten über die Grenzen seines Hofes hinausgingen, aber dort selbst war alles wohlgeordnet, glücklich und in bestem Zustand. Er war mit seinem Reichtum zufrieden, aber nicht stolz darauf, und bildete sich eher etwas auf den reichen Überfluß als auf seinen Lebensstil ein. Sein Reich lag am Ufer des Hudsons, auf einer jener grünen, geschützten und fruchtbaren Stellen, auf denen sich die holländischen Bauern so gern niederlassen. Eine große Ulme beschirmte es mit ihren weitausladenden Zweigen; an ihrem Fuß sprudelte eine Quelle des weichsten und süßesten Wassers in einen kleinen Brunnen, der aussah wie ein Faß, und stahl sich dann glitzernd im Gras weiter zu einem nahen Bach, der unter Erlen und Zwergweiden dahinplätscherte. Dicht bei dem Bauerngehöft war eine große Scheune, die als Kirche gedient haben könnte; jedes Fenster und jeder Spalt schien von den Schätzen des Hofes zu bersten. Von früh bis spät polterte drinnen laut und geschäftig der Dreschflegel, Schwalben zwitscherten auf der Dachrinne, und Scharen von Tauben sonnten sich auf dem Dach. Ein paar schauten mit einem Auge gen Himmel, als beobachteten sie das Wetter, einige steckten die Köpfe unter die Flügel oder in die Brust, und wieder andere blähten sich, gurrten und verneigten sich vor ihren Auserwählten. Gut gemästete fette Schweine grunzten in ihren behaglichen Koben, aus denen hin und wieder Scharen von Ferkeln schnüffelnd herausdrängten. Ein stattliches Geschwader schneeweißer Gänse schwamm auf einem nahen Teich, eskortiert von ganzen Entenflotten; Regimenter von Truthühnern kollerten auf dem Hof, worüber sich die Perlhühner wie schlechtgelaunte Hausfrauen mit zänkischem, unzufriedenem Geschrei ereiferten. Vor der Scheunentür stolzierte der prächtige Hahn auf und ab, jenes Muster eines Ehemannes, Kriegers und feinen Herrn, schlug mit seinen glänzenden Flügeln und krähte voller Stolz und Genugtuung, scharrte ab und zu die Erde auf und rief dann großmütig seine stets hungrige Familie, Weibervolk und Kinder, zu sich, um den fetten Leckerbissen zu genießen, den er entdeckt hatte.

Dem Pädagogen lief das Wasser im Munde zusammen bei dieser prächtigen Aussicht auf leckere Winterkost. Mit gierigen Augen sah er schon die gebratenen Schweine vor sich, die mit einem Füllsel im Bauch und einem Apfel im Maul umherliefen; die Tauben lagen behaglich in eine köstliche Pastete gebettet, bedeckt mit einer braunen Kruste; die Gänse schwammen in ihrem Fett, und die Enten lagen wie glücklich vereinte Paare bequem zu zweit in einer üppigen Zwiebelsoße in den Schüsseln. Bei den Mastschweinen mußte er gleich an fette Speckseiten und Saftschinken denken, und es gab keinen Truthahn, den er nicht kunstvoll dressiert sah, mit dem Magen unter den Flügeln und vielleicht einer Halskette aus geräucherten Würsten, und sogar der glänzende Hahn lag als Zwischengericht aufgespreizt mit hochgestreckten Krallen auf dem Rücken, als flehe er um den Pardon, den sein ritterlicher Geist zu fordern verschmäht hatte, solange er noch am Leben gewesen.

Als sich der entzückte Ichabod dies alles vorstellte und seine großen grünen Augen über die fetten Weiden, die üppigen Weizen-, Roggen-, Buchweizen- und Maisfelder und die mit rotbackigen Früchten beladenen Obstgärten rund um van Tassels reichen Besitz schweifen ließ, da sehnte sich sein Herz nach dem Mädchen, das dieses Reich einmal erben würde, und er malte sich in Gedanken schon aus, wie schnell man alles zu Geld machen könnte, das dann in großen Streifen brachen Landes und Blockhäusern in der Wildnis angelegt wurde. Ja, seine lebhafte Phantasie ließ ihn seine Hoffnungen schon fast erfüllt sehen und zeigte ihm die blühende Katrina inmitten einer großen Kinderschar, wie sie hoch oben auf einem mit Hausgerät beladenen Wagen thronte, von dem Töpfe und Kessel herunterbaumelten, und sich selbst sah er auf einer langsam dahintrabenden Stute, der ein Fohlen auf den Fersen folgte, und sie alle zogen ihres Weges nach Kentucky, Tennessee oder Gott weiß wohin.

Beim Eintritt in das Haus hatte er sein Herz endgültig verloren. Es war eines jener geräumigen Bauernhäuser mit hohem First und tief herabreichendem schrägem Dach in dem von den ersten holländischen Ansiedlern übernommenen Stil. An der Vorderseite bildeten die niedrigen, vorstehenden Dachgesimse eine Veranda, die bei schlechtem Wetter geschlossen werden konnte. Darunter hingen Dreschflegel, Pferdegeschirr, verschiedene landwirtschaftliche Geräte und Netze zum Fischen im nahen Fluß. Für den Sommer standen Bänke an der Wand, und ein großes Spinnrad an einem Ende und ein Butterfaß am anderen zeigten, für welche wichtigen Arbeiten die Veranda genutzt wurde. Von dieser Vorhalle aus betrat der staunende Ichabod die Diele, die das Kernstück des Hauses bildete und in der Regel zum Wohnen benutzt wurde. Dort blendeten Reihen glänzenden Zinngeschirrs auf einer langen Anrichte seine Augen. In einer Ecke stand ein großer Sack Wolle zum Verspinnen bereit, in einer anderen befand sich eine Menge grobe Beiderwand, die gerade vom Webstuhl gekommen war. Maiskolben und Schnüre gedörrter Äpfel und Pfirsiche hingen mit roten Pfefferschoten gemischt in fröhlichen Girlanden an den Wänden, und durch eine offen stehende

Tür konnte er einen Blick in die gute Stube werfen, wo die Sessel mit Klauenfüßen und die dunklen Mahagonitische wie Spiegel glänzten; Kaminböcke mit den dazugehörigen Schaufeln und Zangen blitzten aus ihrem Versteck hinter Spargelkraut hervor; Orangenattrappen und Muschelschalen schmückten den Kaminsims, über dem Schnüre mit verschiedenfarbigen Vogeleiern befestigt waren. Ein großes Straußenei hing von der Mitte der Zimmerdecke herab, und ein absichtlich offengelassener Eckschrank stellte ungeheure Schätze alten Silbers und unauffällig gekitteten Porzellans zur Schau.

Von dem Augenblick an, da Ichabods Blick auf diese erfreulichen Regionen fiel, war es um sein Seelenheil geschehen, und all sein Sinnen und Trachten richtete sich einzig darauf, wie er die Zuneigung der unvergleichlichen Tochter van Tassels gewinnen könne. Doch bei diesem Unternehmen mußte er gegen mehr wirkliche Schwierigkeiten ankämpfen, als es ehedem das Los eines fahrenden Ritters war, der nur Riesen, Zauberer, feuerspeiende Drachen und ähnliche leicht besiegbare Gegner zu überwinden hatte und sich bloß durch eherne Tore und undurchdringliche Mauern einen Weg zum Burgverlies zu bahnen brauchte, wo die Dame seines Herzens gefangen saß. Das alles bewältigte er so mühelos wie jemand, der sich durch einen Weihnachtspudding hindurchißt, und zum Lohn schenkte ihm die Geliebte dann natürlich ihre Hand. Ichabod hingegen mußte sich den Weg zum Herzen einer koketten Dorfschönen bahnen, durch ein Labyrinth von Launen und Grillen, und er stieß dabei immer wieder auf neue Schwierigkeiten und Hindernisse. Er mußte gegen ein wahres Heer gefährlicher Gegner aus Fleisch und Blut kämpfen, gegen die zahlreichen bäuerlichen Verehrer, die jede Pforte zu ihrem Herzen besetzt hielten, einander mit Argusaugen beobachteten, aber bereit waren, gemeinsam gegen jeden neuen Bewerber ins Feld zu ziehen.

Der Verwegenste unter ihnen war ein stämmiger, dreister und lärmender Bursche namens Abraham oder, gemäß der holländischen Abkürzung, Brom van Brunt, der Held der ganzen Gegend, die von seinen Kraftproben und Wagnissen widerhallte. Er war breitschultrig und sehnig, hatte kurzes, schwarzgelocktes Haar und ein grobes, aber nicht unangenehmes Gesicht, in dem Übermut und Anmaßung zum Ausdruck kamen. Wegen seines herkulischen Körperbaus und seiner kraftvollen Glieder hatte man ihm den Spitznamen Brom Bones oder Knochen-Brom gegeben, unter dem er überall bekannt war. Er war berühmt für seine Kunst und Geschicklichkeit im Reiten und auf einem Pferderücken so gewandt wie ein Tatar. Bei allen Wettrennen und Hahnenkämpfen war er der erste, und auf Grund der Überlegenheit, die Körperkraft bei den Bauern bedeutet, waltete er bei allen Streitigkeiten als Schiedsrichter, wobei er seinen Hut schief rückte und seine Entscheidungen mit einer Miene und einem Ton fällte, der weder Widerspruch noch Bitten duldete. Stets war er zu Händeln oder Schnabernack aufgelegt, aber mehr des Spaßes wegen denn aus Boshaftigkeit, und hinter seinem herausfordernd groben Wesen verbarg sich nicht wenig launische Gutmütigkeit. Er hatte ein paar Freunde vom gleichen Schlag, die in ihm ihr Vorbild sahen, und an ihrer Spitze durchstreifte er die Gegend und war meilenweit bei jedem Fest und jeder Schlägerei zu finden. Bei kaltem Wetter trug er eine Pelzkappe mit einem kühn wehenden Fuchsschwanz; und wenn ein paar Leute zusammengekommen waren und diesen wohlbekannten Kopfputz in der Ferne auftauchen und aus einer Schar schneller Reiter wehen sahen, konnten sie sich stets auf eine ordentliche Rauferei gefaßt machen und traten gleich beiseite. Manchmal hörte man seinen Trupp um Mitternacht an den Bauernhäusern vorbeigaloppieren, mit lautem Geschrei und Hallo gleich einem Trupp Donkosaken; und die alten Frauen schreckten dann aus dem Schlaf auf, lauschten eine Weile, bis sich der Lärm wieder gelegt hatte, und riefen dann: »Aha, das war Brom Bones mit seiner Bande!« Die Nachbarn betrachteten ihn mit einem Gemisch von Furcht, Bewunderung und Wohlwollen, und wenn ein übermütiger Streich verübt worden war oder es Streit unter den Bauern der Gegend gegeben hatte, schüttelten sie die Köpfe und schworen darauf, daß gewiß wieder Brom Bones dahinterstecke.

Dieser stürmische Held hatte seit einiger Zeit die blühende Katrina zum Gegenstand seiner unbeholfenen Artigkeiten erwählt, und obwohl seine verliebten Zärtlichkeiten manchmal den täppischen Liebkosungen und Zuneigungsbeweisen eines Bären glichen, so wurde doch gemunkelt, daß sie ihn in seinen Hoffnungen nicht gerade entmutigte. Gewiß ist, daß seine Fortschritte das Zeichen zum Rückzug für seine Rivalen waren, die keinerlei Neigung verspürten, einem Löwen bei seiner galanten Werbung in die Quere zu kommen. Sah man daher sonntags abends sein Pferd an van Tassels Zaun angebunden, so war das ein sicheres Zeichen, daß sein Herr auf Freiersfüßen ging oder, wie man es nannte, drinnen den Galan spielte, und alle übrigen Liebhaber ritten verzweifelt weiter und suchten sich ein anderes Jagdrevier.

Das war also der furchtbare Rivale, mit dem Ichabod Crane zu kämpfen hatte, und wenn man alles recht bedachte, würde selbst ein stärkerer Kämpe als er vom Wettbewerb zurückgetreten sein, und ein klügerer hätte voll Verzweiflung aufgegeben. Er aber besaß eine glückliche Mischung von Wendigkeit und Ausdauer in seinem Wesen; er ähnelte in Gestalt und Charakter einer Schlingpflanze – war nachgiebig, aber zäh; bog sich zwar, aber brach nie; und obwohl er dem leichtesten Druck nachgab, stand er doch gleich mit einem Ruck wieder aufrecht und trug den Kopf hoch wie eh und je.

Offen gegen seinen Rivalen ins Feld zu ziehen wäre heller Wahnsinn gewesen; denn der gehörte nicht zu den Männern, die bei ihren Liebschaften einen Widersacher duldeten, ebenso wie weiland der stürmische Liebhaber Achilles. Ichabod machte daher seine Annäherungsversuche auf eine verstecktere und heimlich andeutende Art. In seiner Eigenschaft als Gesangslehrer stattete er dem Hof häufig Besuche ab, ohne jedoch die lästige Einmischung der Eltern fürchten zu müssen, die auf dem Pfad der Liebenden so oft ein Stein des Anstoßes wird. Balt van Tassel war ein ruhiger, nachgiebiger Mann. Er liebte seine Tochter sogar noch mehr als seine Tabakspfeife und ließ ihr als vernünftiger Mensch und kluger Vater in allem ihren Willen. Auch seine tüchtige kleine Frau hatte genug zu tun, um ihren Haushalt in Ordnung zu halten und ihr Federvieh zu versorgen; denn wie sie sehr weise bemerkte, seien Enten und Gänse nur dumme Geschöpfe, um die man sich kümmern müsse, während junge Mädchen selber auf sich aufpassen könnten. Indes die fleißige Frau emsig im Hause herumwirtschaftete oder an einem Ende der Veranda ihr Spinnrad drehte, saß der ehrbare Balt am anderen Ende, schmauchte seine Pfeife und beobachtete die Fortschritte eines kleinen hölzernen Kriegers, der auf dem Scheunenfirst mit einem Schwert in jeder Hand ungemein tapfer gegen den Wind kämpfte. Unterdessen machte Ichabod beim Brunnen unter der großen Ulme seine Annäherungsversuche bei der Tochter oder ging mit ihr in der Abenddämmerung spazieren, jener Stunde, die der Beredsamkeit eines Liebhabers so sehr entgegenkommt.

Ich muß zugeben, daß ich nicht weiß, wie man Frauenherzen umwirbt und gewinnt. Für mich waren sie immer etwas Rätselhaftes und Anbetungswürdiges. Manche scheinen nur einen einzigen verwundbaren Punkt oder Zugang zu haben, während zu anderen wiederum tausend Wege führen und sie auf tausenderlei verschiedene Arten eingenommen werden können. Es beweist größtes Geschick, die ersteren zu erobern, aber es ist ein noch größerer Beweis für strategische Kunst, die letzteren zu gewinnen, weil der Mann an jedem Tor und an jedem Fenster um seine Festung kämpfen muß. Wer tausend einfache Herzen an sich reißt, kann mit Recht Ruhm ernten; wer aber unumschränkte Macht über das Herz einer einzigen koketten Frau gewinnt, der ist in der Tat ein Held. Dies war allerdings bei dem gefürchteten Brom Bones nicht der Fall, und von dem Augenblick an, da Ichabod Crane als Bewerber auftrat, schien Broms Interesse offensichtlich zu erlahmen. An Sonntagabenden sah man sein Pferd nicht mehr am Zaun, und allmählich kam es zu einer tödlichen Feindschaft zwischen ihm und dem Schulmeister von Sleepy Hollow.

Brom, in dessen Wesen ein Anflug rauher Ritterlichkeit lag, hätte die Dinge ohne weiteres zum offenen Kampf kommen lassen und die Ansprüche auf die Schöne nach Sitte der fahrenden Ritter von einst mit ihrem gesunden Menschenverstand durch einen einzigen Zweikampf entschieden. Aber Ichabod war sich der überlegenen Kraft seines Gegners nur zu gut bewußt, um offen gegen ihn aufzutreten. Er hatte Brom sich rühmen hören, daß er ›den Schulmeister zusammenschlagen und in einem Bücherregal in der Schule verstauen wolle‹, und so hütete er sich, ihm eine Gelegenheit dazu zu geben. In diesem hartnäckig gewahrten Friedenszustand lag etwas ungemein Herausforderndes; es blieb Brom keine andere Wahl, als auf seinen großen Vorrat an ausgelassenem Bauernhumor zurückzugreifen und seinem Widersacher ein paar üble Streiche zu spielen. Ichabod wurde zum Gegenstand des Spottes und der launenhaften Verfolgung durch Bones und seine wilde Reiterschar. Sie suchten seine bisher friedlichen Regionen heim, räucherten seine Singschule aus, indem sie den Kamin zustopften, brachen nachts trotz der vorzüglichen Sicherung durch Weidenruten und Fensterstangen in das Schulhaus ein und stellten alles auf den Kopf, so daß der arme Schulmeister schließlich annahm, sämtliche Hexen aus der Umgebung hätten hier ihren Sabbat abgehalten. Aber was noch ärgerlicher war, Brom ergriff jede Gelegenheit, ihn im Beisein seiner Angebeteten lächerlich zu machen. So hatte er einem Straßenköter auf höchst komische Art zu winseln beigebracht und stellte ihn dann als einen Rivalen Ichabods vor, der das Mädchen im Psalmensingen unterweisen wollte.

Auf diese Weise gingen die Dinge eine Zeitlang weiter, ohne daß die Lage der streitenden Mächte sich wesentlich verändert hätte. An einem schönen Herbstnachmittag thronte Ichabod in nachdenklicher Stimmung auf dem hohen Stuhl, von dem aus er gewöhnlich die Angelegenheiten seines kleinen gelehrten Reiches regelte. In der Hand schwang er ein Lineal, jenes Zepter despotischer Macht; die Birkenrute der Gerechtigkeit ruhte auf drei Nägeln hinter dem Thron als ständiges Abschreckungsmittel für alle Übeltäter. Auf dem Pult vor ihm waren eine Menge eingeschmuggelter Dinge und verbotene Waffen zu sehen, die er bei faulen Buben gefunden hatte, wie angebissene Äpfel, Knallbüchsen, Kreisel, Fliegengläser und ganze Legionen drohend aufgerichteter kleiner Kampfhähne aus Papier. Wahrscheinlich war erst vor kurzem ein Akt der Gerechtigkeit vollzogen worden, denn die Schüler beugten sich alle eifrig über ihre Bücher oder flüsterten vorsichtig dahinter, wobei sie mit einem Auge nach dem Lehrer schielten. Eine unterdrückte Spannung lag über dem ganzen Raum. Sie wurde plötzlich durch die Ankunft eines Negers unterbrochen, der mit einer Jacke und Hosen aus Segeltuch und mit dem Fragment eines runden, kronenförmigen Hutes, der Kappe des Merkur ähnlich, bekleidet war. Er saß auf einem zottigen, wilden, halbzugerittenen Fohlen, das er mit einem Strick als Halfter zügelte. Polternd kam er bis zur Schultüre heran mit einer Einladung für Ichabod zu einem fröhlichen Nähabend der Frauen, der noch am selben Tag bei Mijnheer van Tassel stattfinden sollte. Nachdem er seine Botschaft mit aller Wichtigkeit und dem Bemühen um eine gewählte Sprache vorgebracht hatte, wie dies nur ein Neger bei so unbedeutenden Mitteilungen fertigbringt, galoppierte er wieder über den Bach, und man sah ihn die Schlucht hinaufjagen, erfüllt von der Bedeutsamkeit und Eile seiner Mission.

Nun herrschten in dem eben noch so ruhigen Schulzimmer Lärm und Aufregung. Die Schüler wurden durch ihre Lektionen gehetzt, ohne bei Kleinigkeiten lange aufgehalten zu werden; wer eine schnelle Auffassungsgabe besaß, übersprang ungestraft die Hälfte, und wer säumig war, erhielt ab und zu eine derbe Lektion mit der Rute, damit er sich sputete oder schneller über ein schwieriges Wort hinwegkam. Die Bücher wurden achtlos beiseite geworfen, statt ordentlich auf die Regale gestellt zu werden, Tintenfässer wurden umgestoßen, Bänke umgestürzt und der Unterricht eine Stunde vorzeitig beendet, und die jungen Racker lärmten und johlten auf dem Rasen umher, vor Freude, daß sie schon so früh freihatten.

Der verliebte Ichabod brauchte nun mindestens eine halbe Stunde länger als sonst für seine Toilette, bürstete und putzte seinen besten – und auch einzigen – abgetragenen schwarzen Anzug und ordnete vor einem Spiegelscherben, der im Schulhaus hing, seine Locken. Um vor seiner Angebeteten als echter Kavalier erscheinen zu können, borgte er sich ein Pferd von dem Bauern aus, bei dem er gerade untergebracht war, einem jähzornigen alten Holländer mit Namen Hans van Ripper, und zog nun vornehm zu Pferde gleich einem fahrenden Ritter auf Abenteuer aus. Aber um den echten Geist einer so abenteuerlichen Erzählung zu wahren, sollte ich vielleicht auch Aussehen und Ausrüstung meines Helden und seines Rosses beschreiben. Das Tier, auf dem er ritt, war ein abgetriebener Ackergaul, dem von allem im Leben nur noch seine Tücken geblieben waren. Er war abgezehrt und zottig, hatte einen Schafshals und einen Kopf wie ein Hammer. Seine räudige Mähne und sein Schweif waren zerzaust und voller Kletten; ein Auge hatte die Pupille eingebüßt und blickte starr und gespenstisch, während das andere geradezu teuflisch glänzte. Nach seinem Namen Gunpowder zu urteilen, was Schießpulver bedeutet, mußte er jedoch in seiner Jugend einmal feurig und mutig gewesen sein. Er war denn auch ein Lieblingspferd seines Herrn, des jähzornigen van Ripper, gewesen, eines wilden Reiters, der dem Tier sehr wahrscheinlich etwas von seinem eigenen Geist eingeflößt hatte; denn obwohl es alt und verbraucht aussah, war es noch immer heimtückischer als jedes junge Fohlen in der Umgebung.

Ichabod war genau der Richtige für ein solches Pferd. Er ritt mit angezogenen Steigbügeln, so daß seine Knie fast bis zum Sattelknopf reichten. Seine spitzen Ellbogen standen wie Heuschreckenbeine ab, die Peitsche hielt er senkrecht gleich einem Zepter in der Hand, und wenn sein Pferd dahintrottete, schlugen seine Arme wie zwei Flügel auf und nieder. Ein kleiner Wollhut saß auf seinem Nasenansatz, denn anders konnte man den dürftigen Streifen Stirn nicht bezeichnen, und seine schwarzen Rockschöße flatterten beinahe bis zum Schweif des Rosses. Diesen Anblick boten Ichabod und sein Pferd, als sie aus Hans van Rippers Tor ritten, und alles in allem war es ein Bild, wie man es selten am hellichten Tag zu sehen bekommt.

Es war, wie gesagt, ein schöner Herbsttag, der Himmel klar und heiter, und die Natur prangte in jenen satten Goldtönen, die wir immer mit der Vorstellung von Überfluß verbinden. Die Wälder hatten ein schlichtes Braun und Gelb angelegt, während einige besonders frostempfindliche Bäume orange, purpurn und scharlachrot leuchteten. Ketten schnatternder Wildenten strichen durch die Luft, und aus einem Wäldchen mit Buchen und Walnußbäumen konnte man die Schreie des Eichhörnchens hören und hin und wieder den langgezogenen Ruf der Wachtel vom benachbarten Stoppelfeld.

Die kleinen Vögel waren mitten in ihrem Abschieds-schmaus. Sie flatterten vergnügt zwitschernd von Busch zu Busch und von Baum zu Baum, wählerisch in all der Fülle und Verschwendung ringsum. Da war das zutrauliche Rotkehlchen, die Lieblingsbeute junger Jäger, mit seinem lauten Klageschrei und zwitschernde Amseln, die in dunklen Wolken zusammengeballt dahinflogen; da war der goldgeflügelte Specht mit seinem roten Schopf, dem breiten schwarzen Kehlfleck und dem prächtigen Gefieder, der Seidenschwanz mit seinen roten Flügelspitzen, dem gelben Schwanzende und der kleinen Jagdmütze aus Federn, und da war der Eichelhäher, jener lärmende Stutzer im lustigen hellblauen Rock mit seinen weißen Unterkleidern, der schrie und plapperte, nickte und hüpfte und sich verneigte und ganz so tat, als stände er mit jedem Sänger aus Hain und Flur in bestem Einvernehmen.

Ichabod trabte langsam dahin, und seine für jedes Anzeichen üppiger Gaumenfreuden stets offenen Augen streiften voller Wonne über die Schätze des goldenen Herbstes. Überall sah er Äpfel in Hülle und Fülle. Manche Bäume brachen fast unter ihrer Last, während ganze Körbe und Fässer voll Äpfel schon für den Markt bereitgestellt und wieder andere auf große Haufen für die Weinpresse geschüttet waren. Etwas weiter entfernt sah er große Maisfelder mit ihren goldenen Kolben, die aus den Blätterhüllen hervorlugten und feinen Kuchen und Maismehlbrei in Aussicht stellten. Darunter lagen gelbe Kürbisse, drehten ihre glatten runden Bäuche der Sonne zu und versprachen köstliche Pasteten. Dann wieder ritt er an duftenden Buchweizenfeldern vorbei, die angenehm nach Bienenstöcken rochen, und bei ihrem Anblick dachte er genießerisch an herrlich schmekkende Pfannkuchen, dick mit Butter bestrichen und von der zarten kleinen Grübchenhand Katrina van Tassels mit Honig oder Sirup verziert.

So hing er vielen süßen Gedanken und köstlichen Vorahnungen nach, während er am Hang einer Hügelkette dahinritt, von wo aus man einen Blick auf einige der schönsten Gegenden am majestätischen Hudson hat. Langsam ging die große Sonnenscheibe im Westen unter. Still und klar lag die weite Bucht des Tappan Zee, und nur hier und da plätscherte sanft eine Welle und verlängerte den blauen Schatten der fernen Berge. Ein paar bernsteingelbe Wolken schwebten am Himmel, ohne daß sich ein Lüftchen regte. Der Horizont war mit glänzendem Gold überzogen, das allmählich in ein reines Apfelgrün und gegen die Himmelsmitte zu in ein tiefes Blau überging. Ein schräger Sonnenstrahl hatte sich auf dem bewaldeten Kamm eines Abhanges über dem Fluß verfangen und vertiefte das dunkle Grau und Purpurrot der Felshänge. Eine Schaluppe trieb langsam in der Ferne mit der Strömung flußabwärts, das Segel lose am Mast, und als sich der Himmel im stillen Wasser widerspiegelte, schien es fast, als schwebe das Schiff in der Luft.

Gegen Abend erreichte Ichabod den Wohnsitz des Mijnheer van Tassel, in dem sich der Stolz und die Blüte des umliegenden Landes in großer Zahl versammelt hatten: alte Bauern, eine magere Rasse mit ledernen Gesichtern, in derben Röcken und Hosen, blauen Strümpfen, gewaltigen Schuhen mit prächtigen Zinnschnallen; ihre lebhaften, zusammengeschrumpften kleinen Frauen in enggefälteten Hauben, kurzen Kleidern mit langen Taillen, selbstgewebten Unterröcken, mit Scheren und Nadelkissen und umgehängten bunten Kattuntaschen; dralle junge Mädchen, die fast ebenso altmodisch wie ihre Mütter wirkten, es sei denn, ein Strohhut, ein schönes Band oder vielleicht ein weißes Kleid deuteten auf Neues aus der Stadt hin; die Söhne in kurzen Röcken mit viereckigen Schößen und Reihen riesiger Messingknöpfe, das Haar nach der herrschenden Mode geflochten, besonders wenn sie sich zu diesem Zweck eine Aalhaut verschaffen konnten, die man im ganzen Lande für ein hervorragendes Haarpflegemittel ansah.

Held des Tages war indessen Brom Bones, der zu dem Fest auf seinem Lieblingspferd Daredevil, Teufelskerl, gekommen war, einem Pferd voll Feuer und Mutwillen wie er selbst und das auch nur er selbst zu zügeln vermochte. Er war dafür bekannt, daß er wilde Pferde bevorzugte, die bockig waren und deren Reiter stets Gefahr liefen, sich den Hals zu brechen; er fand immer, ein gehorsames, zugerittenes Pferd sei eines mutigen Kerls nicht würdig.

Gern würde ich an dieser Stelle bei den anziehenden Dingen verweilen, die sich dem entzückten Blick meines Helden boten, als er das stattliche Wohnzimmer in van Tassels Haus betrat. Das waren nicht so sehr die Reize einer Schar blühender Mädchen in ihrer roten und weißen Farbenpracht, sondern eher die vielfältigen Verlockungen eines echten holländischen Landteetisches zur verschwenderischen Herbstzeit. Diese Teller mit den verschiedensten und beinahe unbeschreiblichen Kuchenarten, wie sie nur erfahrene holländische Hausfrauen kennen! Da gab es mürbe Pfannkuchen, zarte Ölkuchen und bröcklige, knusprige Spritzkuchen, Zuckerkuchen und Gebäck, Ingwer- und Honigkuchen und noch viele andere Sorten. Dann gab es Apfel-, Pfirsich- und Kürbistorten; außerdem Schinken und Rauchfleisch und auch noch köstliche Schüsseln mit eingemachten Pflaumen, Pfirsichen, Birnen und Quitten, ganz zu schweigen von den geschmorten Alsen und Brathähnchen. Dazwischen Schalen mit Milch und Sahne, alles bunt durcheinander, gerade so, wie ich es aufgezählt habe, und mittendrin eine bauchige Teekanne, aus der Dampfwolken aufstiegen. Hilf Himmel! Mir fehlen Zeit und Worte, um dieses Fest gebührend zu beschreiben, zudem drängt es mich auch, mit meiner Geschichte fortzufahren. Ichabod Crane hatte zum Glück keine so große Eile, sondern ließ jedem Leckerbissen ausreichend Gerechtigkeit widerfahren.

Er war ein gütiger und dankbarer Mensch, dem das Herz in dem Maße schwoll, wie er gutes Essen zu sich nahm, und dessen Lebensgeister beim Essen angeregt wurden wie die mancher anderer beim Trinken. Er konnte es auch nicht unterlassen, sich während des Essens mit großen Augen neugierig umzusehen, und kicherte schon in sich hinein bei dem Gedanken, daß er eines Tages Herr über diesen kaum vorstellbaren Prunk und Wohlstand sein würde. Dann malte er sich aus, wie bald er dem alten Schulhaus den Rücken kehren, verächtlich auf Hans van Ripper und jeden anderen geizigen Patron herabblicken und jeden umherziehenden Pädagogen aus dem Haus werfen würde, der es wagte, ihn Kollege zu nennen!

Der alte Baltus van Tassel ging unter seinen Gästen umher, und auf seinem Gesicht, das rund und fröhlich wie der Erntemond war, spiegelten sich Zufriedenheit und gute Laune. Seine Aufmerksamkeiten als Gastgeber waren zwar karg bemessen, aber eindrucksvoll und beschränkten sich auf einen Händedruck, einen Schlag auf die Schulter, ein schallendes Lachen und die nachdrückliche Aufforderung, doch zuzugreifen und sich zu bedienen.

Dann riefen Musikklänge aus dem Gesellschaftszimmer, der Diele, zum Tanz. Der Musiker war ein alter, grauhaariger Neger, der schon länger als ein halbes Jahrhundert das Wanderorchester der Gegend war. Sein Instrument war ebenso alt und verbeult wie er selbst. Die meiste Zeit kratzte er auf zwei oder drei Saiten herum, wobei er jeden Bogenstrich mit einem Kopfnicken begleitete; und sobald ein neues Paar zu tanzen anfangen sollte, beugte er sich fast bis zum Erdboden und stampfte mit dem Fuß auf.

Ichabod bildete sich auf seine Tanzkünste ebensoviel ein wie auf seine Stimmkraft. Kein Glied, keine Faser an ihm blieb ruhig, und wenn man seine schlottrige Gestalt schwungvoll im Zimmer herumwirbeln sah, konnte man meinen, der heilige Veit selber, der Schutzpatron der Tänzer, sei höchstpersönlich erschienen. Er war Gegenstand der Bewunderung für alle Neger, die in jeder Größe und in allen Altersklassen vom Hof und aus der Nachbarschaft zusammengekommen waren; sie standen an sämtlichen Türen und Fenstern, eine Pyramide glänzender schwarzer Gesichter bildend, und starrten entzückt auf das Bild, rollten ihre weißen Augäpfel, zogen den Mund grinsend von einem Ohr zum anderen und zeigten Reihen strahlend weißer Elfenbeinzähne. Warum sollte da der gestrenge Pauker der Jungen nicht ebenfalls lustig und fröhlich sein? Seine Angebetete tanzte mit ihm und erwiderte huldvoll lächelnd seine verliebten Blicke, während Brom Bones brütend in einer Ecke saß und alle Qualen der Liebe und Eifersucht durchmachte.

Nach dem Tanz zog es Ichabod zu einer Gruppe älterer Leute, die bei dem alten van Tassel am Ende der Vorhalle saßen und rauchten, über alte Zeiten plauderten und lange Kriegsgeschichten aus ihrer Erinnerung hervorkramten.

Die Gegend gehörte zu der Zeit, von der ich berichte, zu jenen so sehr begünstigten Orten, die reich an Historie und großen Männern waren. Ganz in der Nähe waren während des Krieges die britischen und amerikanischen Linien gewesen; die Gegend wurde daher zum Schauplatz von Plünderungen und von Flüchtlingen, Diversanten und anderen Grenzgängern unsicher gemacht. Es war auch gerade genug Zeit verstrichen, daß jeder Erzähler seine Geschichte dichterisch ausschmücken und in der verblaßten Erinnerung selbst zum Helden einer tapferen Tat werden konnte.

Da war die Geschichte des Doffue Martling, eines großen blaubärtigen Niederländers, der beinahe eine britische Fregatte mit einem alten eisernen Neunpfünder von einer Lehmschanze aus vernichtet hätte, wenn seine Kanone nicht beim sechsten Schuß explodiert wäre. Und dann war da ein alter Herr, dessen Name ungenannt bleiben soll, weil er zu reich war, als daß man leichtfertig von ihm redete, der in der Schlacht von Whiteplains als Meister der Verteidigungskunst eine Musketenkugel mit einem kleinen Schwert abgewehrt hatte, und zwar dergestalt, daß er sie tatsächlich um die Klinge pfeifen und am Heft abprallen gehört hatte. Zum Beweis dafür war er jederzeit bereit, das Schwert mit dem ein wenig verbogenen Griff vorzuzeigen. Es gab noch andere, die ebenso große Heldentaten auf dem Schlachtfeld vollbracht hatten, und es gab keinen einzigen, der nicht überzeugt gewesen wäre, daß er ein gut Teil zum siegreichen Ende des Krieges beigetragen hatte.

Aber das alles war nichts im Vergleich zu den Geschichten von Geistern und Gespenstern, die danach erzählt wurden. Die Gegend ist für einen reichen Schatz dieser Art bekannt. Heimatsagen und Aberglauben blühen am besten in solch abgelegenen, schon seit langem besiedelten Orten, während sie in den meisten ländlichen Gegenden von den unsteten Bewohnern in den Staub getreten werden. Überhaupt haben es die Gespenster in den meisten Dörfern bei uns recht schwer, denn sie haben kaum ihr erstes Nickerchen beendet und sich im Grabe herumgedreht, da sind ihre noch lebenden Freunde schon wieder aus der Gegend fortgezogen, und wenn sie nachts aufstehen und ihre Runde machen, haben sie keine Bekannten mehr, die sie besuchen könnten. Das ist vielleicht auch der Grund, warum man so selten von Gespenstern hört, es sei denn in unseren schon lange bestehenden holländischen Gemeinden.

Der unmittelbare Grund jedoch für das Vorherrschen von Spukgeschichten in dieser Gegend war zweifellos die Nähe von Sleepy Hollow. Sogar die Luft aus dieser Gespenstergegend war von Träumen und Phantasiegebilden erfüllt, die auf das ganze Land ansteckend wirkten. Ein paar Bewohner von Sleepy Hollow waren auch bei van Tassels Lustbarkeit anwesend und erzählten wie gewöhnlich ihre spannenden Geistersagen. Viele gruselige Geschichten wurden von Leichenzügen, Jammern und Wehklagen erzählt, die man bei dem in der Gegend stehenden großen Baum gesehen und gehört hatte, wo der unglückliche Major André gefangengenommen ward. Es wurde auch von der Frau in Weiß erzählt, die in der dunklen Schlucht beim Rabenfelsen umging und die man oft in Winternächten vor einem Sturm schreien hörte, denn sie war dort im Schnee umgekommen. Der größte Teil der Geschichten befaßte sich jedoch mit dem Lieblingsgespenst von Sleepy Hollow, dem Reiter ohne

Kopf, von dem man in letzter Zeit öfters gehört hatte, daß er wieder über das Land reite, und es hieß, er habe sein Roß des Nachts zwischen den Gräbern auf dem Kirchhof angebunden.

Die einsame Lage dieser Kirche schien sie schon seit je zu einem Lieblingsschlupfwinkel unruhiger Geister gemacht zu haben. Sie steht auf einem von Akazien und hohen Ulmen umgebenen Hügel, und ihre einfachen weißgetünchten Mauern schimmern bescheiden hindurch, so wie christliche Reinheit zwischen den Schatten der Einsamkeit erstrahlt. Ein sanfter Hang führt von ihr nach einer silbernen Wasserfläche hinab, die von hohen Bäumen gesäumt wird, durch die man ein paar Blicke auf die blauen Hügel am Hudson werfen kann. Wenn man den mit Gras bewachsenen Kirchhof sieht, wo die Sonnenstrahlen schläfrig verweilen, sollte man meinen, daß zumindest dort die Toten in Frieden ruhen könnten. Auf einer Seite der Kirche erstreckt sich ein weites, bewaldetes Tal, durch das ein wilder Bach zwischen Felsbrocken und umgestürzten Baumstämmen dahinbraust. Unweit der Kirche hatte man seinerzeit über einer besonders tiefen und schwarzen Stelle des Baches eine Holzbrücke errichtet. Der Weg dorthin und die Brücke selbst lagen im dichten Schatten weitausladender Bäume, so daß es schon bei Tageslicht dort sehr dunkel war, während der Nacht aber schreckliche Finsternis herrschte. Dies war ein Lieblingsplatz des Reiters ohne Kopf, und dort traf man ihn auch am häufigsten. Man erzählte auch vom alten Brouwer, einem Ketzer, der nicht an Gespenster glaubte, wie er mit dem Reiter nach dessen Rückkehr von einem Ritt nach Sleepy Hollow zusammengetroffen und gezwungen worden wäre, hinter ihm aufzusitzen; wie sie dann über Stock

40

und Stein, über Hügel und Moor galoppierten, bis sie die Brücke erreichten, wo sich der Reiter dann plötzlich in ein Skelett verwandelt, den alten Brouwer in den Bach geworfen habe und mit einem Donnerschlag über die Baumwipfel davongesprengt sei.

Dieser Geschichte folgte sogleich ein noch aufregenderes Abenteuer von Brom Bones, der den galoppierenden Hessen für einen Erzspitzbuben hielt. Er behauptete, er sei einmal von dem mitternächtlichen Reiter eingeholt worden, als er nachts aus dem benachbarten Dorf Singsing zurückkehrte. Er habe ihm angeboten, mit ihm um eine Schüssel Punsch um die Wette zu reiten, und er hätte auch gewonnen, denn Daredevil hätte das Geisterpferd mit Leichtigkeit besiegt, aber als sie gerade bis zur Kirchenbrücke gekommen waren, habe der Hesse zum Sprung angesetzt und sei in einem Feuerblitz verschwunden.

Alle diese Erzählungen, die in dem geheimnisvollen, schläfrigen Tonfall vorgetragen wurden, mit dem man im Dunkeln redet, während die Gesichter der Zuhörer nur hin und wieder vom Aufflackern einer Pfeife erhellt wurden, prägten sich Ichabod Crane tief ein. Er bezahlte sie mit gleicher Münze durch lange Auszüge aus seinem unschätzbaren Schriftsteller Cotton Mather und fügte noch manch wunderbares Ereignis aus seinem Heimatstaat Connecticut hinzu sowie Berichte über andere furchterregende Gesichte, die er beim nächtlichen Heimweg durch Sleepy Hollow gehabt hatte.

Das Fest ging nun langsam zu Ende. Die alten Bauern luden ihre Familien auf ihre Wagen, und man hörte sie noch eine Weile auf den holprigen Straßen und über die fernen Hügel dahinrasseln. Ein paar Mädchen saßen auf leichten

Damensätteln hinter ihren Verehrern auf den Pferden, und ihr fröhliches Lachen mischte sich mit dem Hufschlag, hallte in den schweigenden Wäldern wider, klang schwächer und schwächer, bis es schließlich ganz erstarb – und der noch vor kurzem so laute und heitere Schauplatz war nun ganz still und verlassen. Nur Ichabod zögerte noch, wie das bei Liebhabern auf dem Lande üblich ist, um mit der Erbin unter vier Augen plaudern zu können, und er war fest davon überzeugt, auf dem Weg zum Sieg zu sein. Ich maße mir nicht an, zu berichten, was bei diesem Gespräch gesagt wurde, denn ich weiß es wirklich nicht. Ich fürchte aber, daß irgend etwas schiefgegangen sein muß, denn unser Held brach schon nach kurzer Zeit mit völlig verzweifelter und niedergeschlagener Miene auf. – O diese Weiber! Diese Weiber! Sollte das Mädchen ihn in ihrer koketten Art zum Narren gehalten haben? Hatte sie den armen Pädagogen nur zum Schein ermutigt, um sich die Eroberung seines Rivalen zu sichern? Der Himmel weiß es, ich nicht! – Ichabod stahl sich jedenfalls aus dem Haus mit einer Miene wie jemand, der einen Hühnerstall erobert hat, nicht aber das Herz eines hübschen Mädchens. Ohne nach rechts oder links zu blicken und sich wie sonst so oft an dem ländlichen Wohlstand zu erfreuen, ging er geradewegs zum Stall und trieb sein Pferd sehr unsanft mit ein paar derben Knuffen und Fußtritten aus der behaglichen Unterkunft hinaus, wo es in tiefem Schlaf gelegen und von Bergen von Korn und Hafer und ganzen Tälern voll Gras und Klee geträumt hatte.

Es war gerade zur nächtlichen Geisterstunde, als sich Ichabod schweren Herzens und niedergeschlagen auf den Heimweg machte, an den Hängen der stattlichen Hügel entlang, die sich über Tarrytown erheben, an denen er nachmittags so wohlgemut vorbeigeritten war. Die Stunde war so düster, wie ihm selbst zumute war. Tief unter ihm breitete der Tappan Zee undeutlich seine dunklen Wassermassen aus, und hier und da sah man den hohen Mast einer Schaluppe, die ruhig am Ufer vor Anker lag. In der mitternächtlichen Totenstille konnte man sogar das Bellen des Wachhundes vom gegenüberliegenden Ufer des Hudsons hören, aber so leise und unbestimmt, daß man nur empfand, wie weit man von diesem treuen Gefährten des Menschen entfernt war. Hin und wieder erscholl auch das langgezogene Krähen eines Hahns, der weit, weit weg auf einem Bauernhof zwischen den Hügeln zufällig erwacht war – aber Ichabod vernahm es nur wie in einem Traum. In seiner Nähe war keine Spur von Leben zu entdecken, bloß gelegentlich das eintönige Zirpen einer Grille oder im nahen Sumpf das näselnde Quaken eines Frosches, der vielleicht unbequem schlief und sich plötzlich in seinem Bett umdrehte.

Alle Geschichten von Geistern und Kobolden, die er am Nachmittag gehört hatte, kamen ihm nun wieder in den Sinn. Die Nacht wurde immer dunkler, die Sterne verblaßten zusehends, und dahinjagende Wolken entzogen sie manchmal ganz seinem Blick. Noch nie im Leben hatte er sich so einsam und unglücklich gefühlt. Obendrein näherte er sich gerade der Stelle, die der Schauplatz so vieler Gespenstergeschichten war. Mitten auf der Landstraße stand ein ungeheurer Tulpenbaum, der wie ein Riese alle anderen Bäume der Gegend überragte und eine Art Markstein bildete. Seine Äste waren knorrig und bizarr geformt, groß genug, um für gewöhnliche Bäume die Stämme abzugeben, und sie bogen sich fast bis zur Erde hinab und reckten sich dann wieder in die Luft. Der Baum stand mit der tragischen Geschichte des unglücklichen André in Zusammenhang, der in der Nähe gefangengenommen worden war, und er war weit und breit als ›Major Andrés Baum‹ bekannt. Das Volk betrachtete ihn immer mit einem Gemisch von Scheu und Aberglauben, teils aus Mitgefühl mit dem Schicksal seines unglücklichen Namensvetters und teils wegen der Erzählungen von seltsamen Gesichten und Wehklagen, die mit ihm in Verbindung gebracht wurden.

Als Ichabod sich diesem schrecklichen Baum näherte, begann er zu pfeifen. Es schien ihm, sein Pfeifen werde erwidert – aber es war nur ein heftiger Windstoß, der durch das dürre Gezweig pfiff. Beim Näherkommen vermeinte er mitten im Baum etwas Weißes hängen zu sehen. Er hielt an und hörte auf zu pfeifen, aber als er genauer hinblickte, bemerkte er, daß es eine Stelle war, wo der Blitz in den Baum eingeschlagen und das weiße Holz freigelegt hatte. Plötzlich hörte er es stöhnen – seine Zähne klapperten, und seine Knie schlotterten gegen den Sattel: Es war aber nur ein großer Ast gewesen, der sich im Wind an einem anderen gerieben hatte. Er kam sicher am Baum vorbei, aber schon lauerten neue Gefahren auf ihn.

Etwa zweihundert Meter vom Baum entfernt überquerte ein kleiner Bach den Weg und floß in eine sumpfige, dicht bewaldete Schlucht, die unter dem Namen ›Wiley-Moor‹ bekannt war. Ein paar rohe Stämme dienten nebeneinandergelegt als Brücke über dieses Gewässer. Auf der Seite des Weges, wo der Bach in den Wald floß, warf eine Gruppe von üppig mit wildem Wein überwucherten Eichen und Kastanien tiefen Schatten. Die Brücke zu überqueren war die schwerste Probe. Genau an dieser Stelle war nämlich der unglückliche André gefangengenommen worden, und hinter den Kastanienbäumen und den dichten Weinranken waren die kräftigen Soldaten versteckt gewesen, die ihn überfielen. Seit dieser Zeit hielt man den Bach für verhext, und jeder Schulbube, der nach Anbruch der Dunkelheit allein die Brücke überqueren mußte, stand entsetzliche Furcht aus.

Als sich Ichabod dem Bach näherte, begann ihm das Herz wild zu klopfen. Er nahm jedoch all seinen Mut zusammen, gab dem Pferd die Sporen und versuchte schnell über die Brücke zu galoppieren. Aber statt vorwärtszutraben, brach der widerspenstige alte Gaul schräg aus und prallte mit seiner Breitseite gegen den Zaun. Ichabods Angst nahm durch diese Verzögerung noch zu, er riß die Zügel nach der entgegengesetzten Seite und stieß energisch mit dem anderen Fuß zu. Aber alles war umsonst. Sein Pferd trabte zwar los, aber nur, um auf der anderen Wegseite in dichtes Brombeer- und Erlengestrüpp zu rennen. Der Schulmeister bearbeitete nun mit Peitsche und Sporen die dürren Rippen des alten Gunpowder, der schnaufend und schnaubend vorwärtssprang, aber dicht bei der Brücke plötzlich scheute und seinen Reiter beinahe kopfüber abgeworfen hätte. Da vernahm Ichabods feines Ohr auf einmal Getrampel im Sumpf neben der Brücke. Im dunklen Schatten des Wäldchens am Rande des Baches sah er ein unförmiges, riesiges schwarzes Ungeheuer. Es rührte sich nicht, sondern schien sich in der Dunkelheit hingekauert zu haben, ein riesenhaftes Ungetüm, das nur darauf zu warten schien, sich auf den Reiter zu stürzen.

Dem entsetzten Pädagogen standen vor Angst die Haare zu Berge. Was tun? Zum Umkehren und Fliehen war es zu spät, und welche Hoffnung konnte er schon haben, einem Geist oder Gespenst zu entfliehen, die auf Windesflügeln reiten konnten? Er raffte daher seinen letzten Rest Mut zusammen und fragte stammelnd: »Wer seid Ihr?« Er erhielt keine Antwort und wiederholte seine Frage noch aufgeregter. Wieder keine Antwort. Da gab er dem stocksteif dastehenden Gunpowder abermals ein paar Tritte in die Weichen, schloß die Augen und stimmte mit unfreiwilliger Inbrunst einen Psalm an. Doch gerade in diesem Augenblick setzte sich das schwarze Ungeheuer in Bewegung und stand mit einem Satz plötzlich mitten auf der Straße. Die Nacht war zwar düster, aber nun konnte man doch einigermaßen die Umrisse des Unbekannten ausmachen. Es schien ein übergroßer Reiter auf einem hünenhaften schwarzen Roß zu sein. Er wollte Ichabod offenbar weder belästigen noch ihm Gesellschaft leisten, sondern hielt sich abseits am Weg und trabte an der blinden Seite des alten Gunpowder dahin, der nun seine Angst und Störrigkeit überwunden hatte.

Ichabod, dem dieser seltsame mitternächtliche Begleiter nicht sehr zusagte und der sich an Brom Bones' Abenteuer mit dem hessischen Reiter erinnerte, gab seinem Pferd jetzt die Sporen in der Hoffnung, den Fremden hinter sich zu lassen. Der aber spornte sein Roß ebenfalls an. Nun ließ Ichabod sein Pferd im Schritt gehen, weil er zurückzubleiben gedachte – der andere machte es ebenso. Ichabods Mut sank; er suchte den Psalm wieder anzustimmen, aber seine Zunge war so trocken, daß sie am Gaumen festklebte, und er brachte keinen einzigen Ton heraus. Das mürrische und hartnäckige Schweigen seines nicht weichenden Begleiters war irgendwie geheimnisvoll und furchteinflößend, und er merkte auch bald den schrecklichen Grund dafür. Als sie eine kleine Anhöhe emporritten, hob sich die Gestalt seines Begleiters von gigantischer Größe und in einen Mantel gehüllt deutlich gegen den Himmel ab. Und als Ichabod sah, daß der Reiter keinen Kopf hatte, war er vor Angst wie gelähmt. Aber sein Entsetzen wuchs noch, als er bemerkte, daß der Reiter den Kopf, der auf seinen Schultern hätte sitzen sollen, vor sich auf dem Sattelknopf trug. Seine Angst stieg nun ins Unermeßliche, er hieb mit einem Hagel von Puffen und Fußtritten auf Gunpowder ein und hoffte, seinem Begleiter durch einen schnellen Spurt zu entkommen – aber das Gespenst hielt mit ihm Schritt. So jagten sie beide durch dick und dünn, und bei jedem Satz sprühte es Steine und Funken. Ichabods dünne Kleider flatterten in der Luft, als er auf der eiligen Flucht seinen langen dürren Körper über den Kopf seines Pferdes reckte.

Sie hatten nun den Weg erreicht, der nach Sleepy Hollow abzweigt, aber der anscheinend von einem Dämon besessene Gunpowder schlug ihn nicht ein, sondern wandte sich nach der entgegengesetzten Richtung und sprengte zur Linken einen Hang hinunter. Dieser Weg führt durch eine sandige Schlucht, ist etwa eine Viertelmeile von Bäumen beschattet und überquert die in den Spukgeschichten berüchtigte Brücke, und gerade daneben erhebt sich der grüne Hügel, auf dem die weißgetünchte Kirche steht.

Bislang hatte die panische Angst des Pferdes seinem ungeschickten Reiter offensichtlich einen Vorteil bei dem schnellen Ritt gewährt, aber als Ichabod eben die Hälfte der Schlucht durchritten hatte, gab der Sattelgurt nach, und er spürte den Sattel nach unten rutschen. Er ergriff ihn am Knauf und wollte ihn festhalten, doch vergebens; und er konnte sich gerade noch halten und am Hals des alten Gunpowder festklammern, als der Sattel auf die Erde fiel und er das Pferd seines Verfolgers darüber hinwegtrampeln hörte. Einen Augenblick lang fürchtete er Hans van Rippers Zorn, denn es war dessen Sonntagssattel; aber es war jetzt keine Zeit für kleinliche Ängste. Das Gespenst folgte ihm hart auf den Fersen, und ungeschickt wie er war, hatte er größte Mühe, sich auf dem Pferd zu halten. Manchmal rutschte er auf die eine Seite, dann wieder auf die andere, ab und zu schüttelte es ihn auf dem hohen Widerrist seines Pferdes so derb, daß er wahrhaftig befürchtete, sich sämtliche Rippen zu brechen.

Eine Lichtung in den Bäumen ließ ihn dann voller Freude hoffen, daß die Kirchenbrücke bald erreicht sei, und an einem silbernen Stern, der sich im Bachgrund zitternd widerspiegelte, sah er, daß er sich nicht geirrt hatte. Gegenüber sah er die Mauern der Kirche schwach zwischen den Bäumen hindurchschimmern. Er mußte daran denken, daß an dieser Stelle Brom Bones' gespenstischer Rivale verschwunden war. ›Wenn ich nur die Brücke erreiche‹, dachte Ichabod, ›dann bin ich in Sicherheit!‹ Aber da hörte er auch schon das schwarze Roß dicht hinter sich keuchen und schnaufen; er bildete sich sogar ein, seinen heißen Atem zu verspüren. Noch ein krampfhafter Stoß in die Rippen, und der alte Gunpowder sprengte auf die Brücke; er donnerte über die krachenden Holzplanken und gewann die andere Seite. Jetzt warf Ichabod einen Blick hinter sich, um zu sehen, ob sein Verfolger gemäß der Überlieferung in einer Feuer-und-Schwefel-Wolke verschwand. Aber da sah er, wie das Gespenst sich in den Steigbügeln reckte und gerade den Kopf nach ihm werfen wollte. Ichabod bemühte sich, dem schrecklichen Geschoß auszuweichen, doch es war zu spät. Es traf seinen Schädel mit einem entsetzlichen Krach, und er wurde kopfüber in den Staub geworfen, während Gunpowder, das schwarze Roß und der geisterhafte Reiter wie ein Wirbelwind weiterjagten.

Am nächsten Morgen fand man das alte Pferd ohne Sattel und mit dem Zügel unter den Hufen ruhig vor dem Tor seines Herrn grasen. Ichabod erschien nicht zum Frühstück. Die Mittagsstunde kam, aber kein Ichabod. Die Knaben versammelten sich beim Schulhaus und strolchten müßig am Ufer des Baches umher, aber kein Schulmeister ließ sich sehen. Nun wurde Hans van Ripper doch etwas unruhig über das Schicksal des armen Ichabod und seines Sattels. Erkundigungen wurden eingezogen, und nach eifrigem Suchen fand man seine Spuren. An einer Stelle des zur Kirche führenden Weges wurde der in den Schmutz getrampelte Sattel gefunden; tief in die Erde gedrungene Spuren von Pferdehufen, offenbar von einem wilden Ritt herrührend, führten bis an die Brücke, neben der an einer breiten Stelle des Baches, wo das Wasser tief und schwarz war, der Hut des unglücklichen Ichabod und dicht daneben ein zerschmetterter Kürbis am Ufer gefunden wurden.

Man suchte auch im Bach, aber die Leiche des Schulmeisters war nicht zu finden. Hans van Ripper durchwühlte als sein Sachverwalter das Bündel, das alle seine weltlichen Eigentümer enthielt. Sie bestanden aus zwei und einem halben Hemd, zwei Halsbinden, einem oder zwei Paar wollenen Strümpfen, einem Paar alten Kniehosen aus Kordsamt, einem rostigen Rasiermesser, einem Psalmengesangbuch voller Eselsohren und einer zerbrochenen Stimmpfeife. Was die Bücher und die Einrichtung des Schulhauses betraf, so gehörte alles der Gemeinde außer Cotton Mathers ›Geschichte der Hexerei‹, einem neuenglischen Almanach und einem Traum- und Wahrsagebuch, in dem ein Blatt Papier lag, bekritzelt mit verschiedenen erfolglosen Versuchen, ein paar Verse zu Ehren der Erbin van Tassel zu verfassen. Die magischen Bücher und die poetischen Ergüsse übergab Hans van Ripper unverzüglich den Flammen; auch beschloss er, ab sofort seine Kinder nicht mehr in die Schule zu schicken, weil seiner Meinung nach aus dem ganzen Gelese und Geschreibe noch nie etwas Vernünftiges herausgekommen sei. Was immer der Schulmeister an Geld besessen hatte – und er hatte erst vor ein oder zwei Tagen sein vierteljährliches Gehalt bekommen –, mußte er zur Zeit seines Verschwindens bei sich gehabt haben.

Der geheimnisvolle Vorfall gab beim nächsten sonntäglichen Kirchgang Anlaß zu den mannigfaltigsten Vermutungen. Scharen von Gaffern und Schwätzern versammelten sich auf dem Kirchhof, an der Brücke und an der Stelle, wo man Hut und Kürbis gefunden hatte. Die Geschichten von Brouwer, Bones und vielen anderen wurden wieder ins Gedächtnis zurückgerufen; und nach reiflicher Überlegung und nachdem man sie mit den Symptomen des vorliegenden Falles verglichen hatte, schüttelte man den Kopf und kam zu der Schlußfolgerung, daß Ichabod vom hessischen Reiter mitgenommen worden sei. Da er Junggeselle war und niemandem etwas schuldete, zerbrach sich auch keiner weiter über ihn den Kopf. Die Schule wurde in einen anderen Teil der Schlucht verlegt, und ein neuer Pädagoge führte an seiner Stelle das Zepter.

Allerdings brachte ein alter Bauer, der einige Jahre danach in New York zu Besuch war und von dem auch der

Bericht über das Abenteuer mit dem Gespenst stammt, die Nachricht mit heim, daß Ichabod Crane noch am Leben sei; er habe die Gegend teils aus Furcht vor dem Gespenst und vor Hans van Ripper, teils wegen der erlittenen Kränkung über seine unerwartete Abweisung durch die Erbin verlassen und seinen Wohnsitz in einen anderen Landesteil verlegt. Er habe wieder Unterricht erteilt und gleichzeitig die Rechte studiert, sei dann als Advokat zugelassen worden, habe sich als Politiker betätigt, Wahlpropaganda betrieben, für die Zeitungen geschrieben und sei schließlich zum Richter am Zehn-Pfund-Gerichtshof ernannt worden. Auch Brom Bones, der bald nach dem Verschwinden seines Rivalen die blühende Katrina im Triumph zum Altar führte, sah man stets sehr gewitzt dreinsehen, sobald Ichabods Geschichte erzählt wurde, und er brach bei Erwähnung des Kürbisses immer in schallendes Gelächter aus, was einige zu der Annahme verleitete, er wisse mehr von der Sache, als er zu erzählen für richtig hielt.

Die alten Bauersfrauen aber, die über solche Dinge am besten Bescheid wissen, behaupten bis auf den heutigen Tag, Ichabod sei von übernatürlichen Kräften hinweggezaubert worden, und es ist eine Geschichte, die an langen Winterabenden in dieser Gegend besonders gern erzählt wird. Die Brücke wurde mehr denn je zum Gegenstand abergläubischer Furcht, und das mag auch der Grund sein, warum die Straße vor einiger Zeit verlegt worden ist, so daß man die Kirche jetzt vom Ufer des Mühlteiches her erreichen kann. Da das Schulhaus nicht mehr benützt wurde, verfiel es bald immer mehr, und es heißt, es werde vom Geist des unglücklichen Pädagogen heimgesucht, und gar mancher Ackerknecht, der an einem stillen Sommerabend langsam nach Hause schlendert, hat oft in der Ferne seine Stimme zu hören vermeint, wie er einen schwermütigen Psalm in der stillen Abgeschiedenheit von Sleepy Hollow singt.

Nachschrift:
In Herrn Knickerbockers Handschrift gefunden

Die vorstehende Sage ist von mir mit fast denselben Worten wiedergegeben, mit denen ich sie bei einem Ratstreffen in der alten Stadt Manhattan, an dem viele ihrer weisesten und berühmtesten Bürger teilnahmen, berichten hörte. Der Erzähler war ein angenehmer, schäbig gekleideter, aber trotzdem vornehm wirkender alter Herr in einem Pfeffer-und-Salz-Anzug. Er blickte wehmütig drein, und ich vermutete stark, daß er arm war, weil er sich so große Mühe gab, unterhaltsam zu sein. Als er seine Geschichte beendet hatte, gab es viel Gelächter und Beifall, besonders von zwei oder drei Ratsherren, die die meiste Zeit über geschlafen hatten. Es war jedoch auch ein großer, langweilig aussehender alter Herr mit buschigen Augenbrauen anwesend, der während der ganzen Zeit ein ernstes, wenn nicht sogar strenges Gesicht gemacht hatte. Hin und wieder hatte er die Arme gekreuzt, das Haupt geneigt und zu Boden geblickt, als suche er im Geist mit Zweifeln fertig zu werden. Er gehörte zu jenen vorsichtigen Menschen, die nie lachen, es sei denn, sie haben guten Grund dazu – nämlich wenn die Vernunft und das Gesetz auf ihrer Seite sind. Als sich die Fröhlichkeit der anderen wieder gelegt hatte und Schweigen herrschte, stützte er einen Arm auf die Stuhllehne, stemmte den anderen in die Seite und fragte mit leichter, aber auffallend pedantischer Kopfbewegung und einem

Stirnrunzeln, was denn überhaupt die Moral der Geschichte sei und was sie bedeuten solle.

Der Erzähler, der gerade zur Erfrischung nach dem anstrengenden Vortrag ein Glas Wein an die Lippen setzen wollte, zögerte einen Augenblick, sah den Fragesteller mit größter Ehrerbietung an, stellte das Glas langsam auf den Tisch und bemerkte, daß die Geschichte auf zwingend logische Art das Folgende beweisen sollte:

Daß es im Leben keine Lage gäbe, die nicht ihre Vorteile und Annehmlichkeiten habe – vorausgesetzt, man nimmt einen Scherz für einen Scherz.

Daß folglich derjenige, der mit einem Reitergespenst um die Wette reite, auch einen wilden Ritt zu erwarten habe. Und daß endlich ein Landschulmeister dadurch, daß er von einer holländischen Erbin einen Korb bekäme, einen entscheidenden Schritt zu einer hohen Beförderung im Staatsdienst getan habe.

Der vorsichtige alte Herr zog nach dieser Erklärung seine Stirn noch krauser, da ihn derart logische Schlußfolgerungen in arge Verlegenheit setzten, während mir schien, als bedenke ihn der im Pfeffer-und-Salz-Anzug mit einem triumphierenden Seitenblick. Schließlich bemerkte er, das alles sei zwar schön und gut, aber er halte die Geschichte für ein wenig übertrieben, denn es gäbe da ein oder zwei Stellen, an denen er Zweifel hege.

»Sehr richtig, mein Herr«, antwortete der Erzähler, »was das anlangt, so glaube ich selbst nicht einmal die Hälfte davon!«

D. K.

Rip van Winkle

Eine nachgelassene Schrift von
Diedrich Knickerbocker

> Bei Wodan, Gott der Sachsen, von
> dem der Wenstag, Wodenstag,
> herstammt, die Wahrheit ist's, die
> stets ich sag bis zu dem Tag, da
> ich hinunter muß ins Grab.
>
> *Cartwright*

Die folgende Erzählung fand man unter den Papieren des verstorbenen Diedrich Knickerbocker, eines alten Herrn aus New York, der sich sehr für die holländische Geschichte der Provinz und die Sitten der Nachkommen ihrer ersten Siedler interessierte. Seine Geschichtsforschungen befaßten sich jedoch weniger mit Büchern als vielmehr mit Menschen, da sich jene leider nur sehr spärlich über sein Lieblingsthema auslassen. Hingegen fand er bei den alten Bürgern und mehr noch bei deren Frauen die zum rechten Verständnis der Vergangenheit so unschätzbaren Sagen in reichem Maße vor. Sobald er daher eine echt holländische Familie traf, die in einem schmucken kleinen Haus unter einer breitkronigen Platane ein geruhsames Leben führte, betrachtete er sie als einen dicken Folioband, den er mit dem Eifer eines Bücherwurms studierte.

Das Ergebnis all dieser Forschungen war eine Geschichte der Provinz unter der Herrschaft der holländischen Gouverneure, die er vor einigen Jahren veröffentlichte. Über den literarischen Wert seiner Arbeit gab es verschiedene Meinungen, und um die Wahrheit zu sagen, sie ist keinen Deut besser, als man es erwarten konnte. Ihr Hauptverdienst ist die peinliche Genauigkeit, die zwar bei ihrem ersten Erscheinen angezweifelt, später aber hinreichend bewiesen wurde, und sie ist nun als durchaus glaubwürdiges Werk in allen historischen Sammlungen zu finden.

Der alte Herr starb bald nach Veröffentlichung seiner Arbeit, und da er nun nicht mehr unter uns weilt, kann es seinem Andenken nicht schaden, wenn man behauptet, daß er seine Zeit für gewichtigere Dinge hätte nutzen können. Er verstand es jedoch, sein Steckenpferd auf eigene Weise zu reiten; und wenn er auch hin und wieder ein wenig Staub bei seinen Nachbarn aufwirbelte und ein paar Freunde kränkte, für die er aufrichtigste Ehrerbietung und Zuneigung empfand, gedenkt man seiner Fehler und Torheiten doch ›mehr in Kummer denn in Zorn‹, und man neigt jetzt fast zu der Annahme, daß er keinesfalls jemanden kränken oder beleidigen wollte. Aber wie er auch von den Kritikern eingeschätzt werden mag, er wird doch noch immer von vielen in Ehren gehalten, auf deren gute Meinung man stolz sein kann, besonders von bestimmten Zuckerbäckern, die so weit gegangen sind, sein Konterfei auf ihren Neujahrswaffeln zu verewigen, und ihm damit eine Gelegenheit zur Unsterblichkeit verschafft haben, die ebensoviel wert ist, als hätte man ihn auf eine Waterloo-Medaille oder eine Münze der Königin Anna geprägt.

Wer schon einmal den Hudson hinaufgefahren ist, wird sich der Catskill-Berge entsinnen. Sie sind ein Nebenzweig der großen Appalachen, und man sieht sie westlich des Flusses, wo sie sich zu einer stattlichen Höhe erheben und das umliegende Land beherrschen. Jeder Wechsel der Jahreszeit, jeder Wetterumschlag, ja sogar jede Stunde des Tages bewirkt eine Veränderung in den magischen Farben und Formen dieser Berge, und sie sind ein genaues Barometer für alle Hausfrauen nah und fern. Bleibt das Wetter schön und beständig, sind sie in Blau und Purpur gehüllt, und ihre kühnen Umrisse heben sich vom klaren Abendhimmel ab. Manchmal aber, wenn die übrige Landschaft wolkenlos ist, zieht sich eine graue Dunsthaube über ihren Gipfeln zusammen, die in den letzten Strahlen der untergehenden Sonne wie ein Glorienschein aufglüht.

Am Fuße dieser zauberhaften Berge sieht der Reisende leicht gekräuselten Rauch über einem Dorf aufsteigen, dessen Schindeldächer zwischen den Bäumen glänzen, gerade dort, wo die blauen Farben der Berge in das frische Grün der umliegenden Landschaft übergehen. Es ist ein kleines, schon sehr altes Dorf, das von einigen holländischen Siedlern in der Frühzeit der Provinz gegründet wurde, gerade zu Beginn der Regierungszeit des tüchtigen Peter Stuyvesant (er ruhe in Frieden!). Dort gab es noch vor wenigen Jahren mehrere Häuser von ersten Ansiedlern, die sie aus den von Holland mitgebrachten kleinen gelben Ziegeln gebaut hatten, Häuser mit Gitterfenstern und Vordergiebeln und einem Wetterhahn auf dem First.

In ebendiesem Dorf und in einem dieser Häuser (das, um die reine Wahrheit zu sagen, von der Zeit arg mitgenommen und verwittert war) lebte vor vielen Jahren, während das Land noch eine britische Kolonie war, ein einfältiger und gutmütiger Bursche namens Rip van Winkle. Er war ein Nachkomme der van Winkle, die sich in den kriegerischen Tagen des Peter Stuyvesant so tapfer ausgezeichnet und ihn bei der Belagerung Fort Christinas unterstützt hatten. Dieser hier hatte allerdings nur wenig vom kriegerischen Geist seiner Vorfahren geerbt. Ich habe schon erwähnt, daß er ein einfältiger, gutmütiger Mensch war. Er war überdies ein freundlicher Nachbar und ein gehorsamer, unter dem Pantoffel stehender Ehemann. Auf den letzten Umstand mag sicherlich jenes sanfte Wesen zurückzuführen sein, das ihm allgemeine Beliebtheit einbrachte; in der Öffentlichkeit sind nämlich meistens jene Männer umgänglich und friedfertig, die zu Hause unter dem Regiment böser Weiber stehen. Zweifellos wird ihr Charakter durch das heiße Fegefeuer häuslicher Leiden zu Milde und Sanftmut geläutert, und eine Gardinenpredigt ist weit wirksamer als alle Predigten dieser Welt über Tugend und Langmut. Eine zanksüchtige Frau kann daher in gewisser Hinsicht als ein wahrer Segen betrachtet werden; und wenn dem so ist, war Rip van Winkle dreimal gesegnet.

Soviel ist jedenfalls gewiß, daß er sich großer Gunst bei allen Hausfrauen im Dorf erfreute, die – wie das beim schwachen Geschlecht üblich ist – bei allen möglichen Familienzwistigkeiten stets seine Partei ergriffen, wie sie es auch nie unterließen, die ganze Schuld Frau van Winkle zuzuschreiben, wann immer sie diesen Punkt bei ihrem abendlichen Schwätzchen aufs Tapet brachten. Auch die Dorfkinder pflegten ein Freudengeschrei anzustimmen, sobald er sich blicken ließ. Er beteiligte sich an allen ihren Unternehmungen, bastelte ihnen Spielzeug, zeigte ihnen, wie man Drachen fliegen läßt und Murmeln schiebt, und erzählte ihnen lange Geschichten von Geistern, Hexen und Indianern. Wann immer er im Dorf auftauchte, umringte ihn gleich eine Schar von Kindern, die sich an seine Rockschöße klammerten, ihm auf den Rücken kletterten und ihm tausend tolldreiste Streiche spielten. Und kein einziger Hund in der ganzen Umgebung bellte ihn jemals an.

Der große Fehler in Rips Charakter war eine unüberwindliche Abneigung gegen alle Arten nützlicher Arbeit. An Fleiß oder Ausdauer fehlte es ihm gewiß nicht; denn er saß oft auf einem feuchten Stein mit einer Angelrute, die so lang und schwer wie eine Tatarenlanze war, und angelte den ganzen Tag, ohne einen Laut von sich zu geben, selbst wenn kein einziger Fisch anbiß. Auch pirschte er sich stundenlang mit einer Schrotflinte auf der Schulter mühsam durch Wälder und Sümpfe, bergauf und bergab, um ein paar Eichhörnchen oder wilde Tauben zu schießen. Nie lehnte er es ab, einem Nachbarn selbst bei der schwersten Arbeit beizustehen, und er war immer der erste, wenn es in munterer Gesellschaft Mais auszuhülsen oder Zäune zu bauen galt. Die Frauen des Dorfes pflegten ihn für Botengänge oder kleine Verrichtungen zu benutzen, die sie von ihren weniger gefälligen Ehegatten nicht erwarten konnten. Mit einem Wort, Rip war bereit, jedermanns Angelegenheiten zu besorgen, nur nicht seine eigenen, denn wenn es darum ging, seine häuslichen Pflichten zu erfüllen und seinen Hof in Ordnung zu halten, war er nicht zu gebrauchen.

Er erklärte sogar, daß es keinen Zweck hätte, auf seinem Hof zu wirtschaften: es sei das unfruchtbarste Stückchen Boden im ganzen Land, es tauge zu nichts, und es würde auch niemals zu etwas taugen, und wenn er sich noch solche Mühe gäbe. Seine Zäune fielen ständig ein, seine Kuh verliefe sich entweder oder mache sich über den Kohl her, das Unkraut wuchere in seinen Feldern mit Sicherheit schneller und üppiger als anderswo, und es begänne immer gerade dann zu regnen, wenn er eine Arbeit außer Haus zu verrichten habe. So war sein väterlicher Besitz unter seiner Leitung zusammengeschrumpft, ein Morgen nach dem anderen, bis kaum mehr als ein Stückchen Land mit Mais und Kartoffeln übrigblieben – der am schlechtesten bestellte Bauernhof in der ganzen Gegend.

Seine Kinder waren ebenfalls zerlumpt und verwildert, als seien sie sich völlig selbst überlassen. Sein Sohn Rip, ein ganz nach ihm geratener Bengel, versprach mit den alten Kleidern seines Vaters auch dessen Gewohnheiten zu erben. Man sah ihn gewöhnlich wie ein Füllen seiner Mutter auf den Fersen folgen, in einem Paar abgelegten Hosen seines Vaters, die er dauernd mit einer Hand in die Höhe halten mußte wie eine feine Dame bei schlechtem Wetter ihre Schleppe.

Gleichwohl war Rip van Winkle einer jener glücklichen Sterblichen mit anspruchslosem, gewinnendem Wesen, die das Leben leichtnehmen, Weiß- oder Schwarzbrot essen, je nachdem, welches am mühelosesten zu bekommen ist, und die lieber mit einem Pfennig verhungern, als daß sie für einen Taler arbeiten. Hätte er keine Familie besessen, wäre er zufrieden pfeifend durchs Leben gegangen; so aber lag ihm seine Frau ständig in den Ohren wegen seiner Faulheit, seiner Sorglosigkeit und wegen des Ruins, den er über seine Familie brachte. Ob morgens, mittags oder abends, ihre Zunge war unaufhörlich in Bewegung, und alles, was er sagte oder tat, rief mit Sicherheit einen nur allzugut bekannten Redeschwall hervor. Rip antwortete auf solche Vorhaltungen stets auf eine Art, die ihm durch häufigen Gebrauch schon zur Gewohnheit geworden war. Er zuckte die Achseln, schüttelte den Kopf und warf einen Blick zum Himmel, sagte aber kein einziges Wort. Doch gerade das bewirkte immer wieder neues Gezeter seiner Frau, so daß er froh war, wenn er seine Truppen nach draußen zurückziehen konnte – und das war auch der einzige Zufluchtsort für einen Pantoffelhelden.

Rips einziger Anhänger im Haus war sein Hund Wolf, der ebenso unter dem Pantoffel stand wie sein Herr; denn Frau van Winkle hielt beide für verschworene Faulpelze und war nicht gut auf Wolf zu sprechen, weil der daran schuld war, daß sein Herr so oft das Haus verließ. Wahr ist, daß er in allem, was einen ordentlichen Hund ausmacht, so mutig war wie nur je ein die Wälder durchstreifendes Tier, aber welcher Mut kann schon dem immerwährenden und alles überwältigenden Schrecken einer keifenden Weiberzunge trotzen? Sowie Wolf das Haus betrat, duckte er sich ängstlich, ließ den Schwanz hängen oder klemmte ihn zwischen die Beine, schlich mit einer wahren Duldermiene umher, warf manchen Seitenblick auf Frau van Winkle und flüchtete bei der geringsten Bewegung eines Besenstiels oder eines großen Kochlöffels in aller Eile kläffend zur Tür.

Mit zunehmenden Ehejahren hatte Rip van Winkle immer mehr auszustehen; denn ein streitsüchtiger Charakter mäßigt sich nie mit den Jahren, und eine scharfe Zunge ist das einzige Schneidewerkzeug, das durch dauernden Gebrauch immer schärfer wird. War er auf diese Weise aus dem Haus vertrieben, tröstete er sich eine Zeitlang damit, daß er eine Art ständiger Versammlung der Weisen, Philosophen und anderer müßiger Personen des Dorfes besuchte, die ihre Sitzungen auf einer Bank vor einem kleinen Gasthaus abhielten, das durch ein rosiges Porträt Seiner Majestät Georgs des Dritten gekennzeichnet war. Hier pflegten sie an schönen langen Sommertagen träge im Schatten zu sitzen und über Dorfneuigkeiten zu plaudern oder über endlos lange, banale und nichtssagende Geschichten zu philosophieren. Und doch hätte mancher Staatsmann teures Geld dafür gegeben, um die tiefgründigen Dispute zu hören, die manchmal stattfanden, wenn ihnen zufällig eine alte Zeitung von irgendeinem Durchreisenden in die Hände fiel. Mit welchem Ernst lauschten sie da auf den Inhalt, der langsam und pathetisch von Schulmeister Derrick van Bummel vorgelesen wurde, einem beschlagenen und gelehrten kleinen Mann, dem selbst das längste Wort im Wörterbuch nichts anhaben konnte, und wie klug sie dann immer über öffentliche Vorkommnisse diskutierten, die sich schon Monate vorher ereignet hatten!

Sämtliche Meinungen dieser ehrenwerten Herren wurden von Nicholas Vedder kontrolliert, einem der Dorfältesten, Besitzer des Gasthauses, vor dessen Tür er von frühmorgens bis spätabends seinen Sitz hatte. Dort bewegte er sich gerade nur soviel von der Stelle, daß er die Sonne mied und im Schatten eines großen Baumes blieb, und so konnten seine Nachbarn aus seinen Bewegungen die Zeit so genau ablesen wie von einer Sonnenuhr. Sprechen hörte man ihn allerdings selten, denn er rauchte ununterbrochen seine Pfeife, aber seine Anhänger (und jeder große Mann hat seine Anhänger!) verstanden ihn vollkommen und wußten, wie sie seine Meinung erfahren konnten. Mißfiel ihm etwas, was gelesen oder erzählt wurde, so sah man ihn heftig an seiner Pfeife ziehen und häufig schnell und erbost kleine Rauchwölkchen ausstoßen; sagte ihm aber etwas zu, pflegte er den Rauch immer langsam und bedächtig einzuziehen und in leicht gekräuselten kleinen Wolken wieder auszublasen, und manchmal nahm er sogar die Pfeife aus dem Mund, ließ sich den wohlriechenden Duft um die Nase ringeln und nickte ernst mit dem Haupt zum Zeichen seines völligen Einverständnisses.

Doch auch in diesem Bollwerk wurde der unglückliche Rip zu guter Letzt von seiner zanksüchtigen Frau aufgestöbert. Sie brach unerwartet in die Beschaulichkeit der Versammlung ein und beschimpfte alle Anwesenden als Taugenichtse. Nicht einmal jene hohe Persönlichkeit Nicholas Vedder blieb von der frechen Zunge dieser Xanthippe verschont, sondern wurde geradeheraus angeschuldigt, Rip in seiner Neigung zum Müßiggang zu ermuntern.

Der arme Rip war schließlich fast der Verzweiflung nahe, und als einziger Ausweg, der Plage auf dem Hof und dem Geschimpfe seiner Frau zu entgehen, blieb ihm nur übrig, die Flinte zu nehmen und durch die Wälder zu streifen. Dort setzte er sich dann manchmal an den Fuß eines Baumes und teilte den Inhalt seines Ränzels mit Wolf, dem er als seinem Leidensgefährten freundlich gesinnt war. »Armer Wolf«, pflegte er zu sagen, »deine Herrin läßt dich ein wahres Hundeleben führen! Aber macht nichts, alter Bursche, solange ich lebe, wirst du immer einen Freund haben, der dir beisteht!« Wolf wedelte zu diesen Worten stets mit dem Schwanz und schaute nachdenklich in seines Herrn Antlitz, und falls Hunde überhaupt Mitleid empfinden können, glaube ich wirklich, daß er dieses Gefühl von ganzem Herzen erwiderte.

Auf einem dieser langen Streifzüge war Rip an einem schönen Herbsttag, ohne es zu merken, bis in eine der höchsten Regionen der Catskill-Berge gelangt. Er ging seinem Lieblingsvergnügen nach, dem Eichhörnchenschießen, und der Knall seiner Büchse schallte in der Einöde als vielfaches Echo zurück. Erschöpft und müde legte er sich am späten Nachmittag auf einen mit duftenden Kräutern bewachsenen Hügel am Rande eines Abgrunds. Durch eine Lichtung in den Bäumen konnte er das ganze tiefer liegende Land überblicken, das viele Meilen weit von dichten Wäldern gesäumt wurde. In der Ferne sah er weit unten den stattlichen Hudson seinen stillen, aber majestätischen Lauf nehmen und hin und wieder eine purpurrote Wolke oder das Segel eines Bootes widerspiegeln, das gemächlich auf seinen klaren Tiefen dahinglitt, bis er sich schließlich in den blauen Bergen verlor.

Auf der anderen Seite blickte er in eine tiefe Bergschlucht hinunter, einsam, wild und verlassen, deren Boden von herabgestürzten Felsbrocken bedeckt war und die kaum von den zurückgeworfenen Strahlen der untergehenden Sonne erhellt wurde. Eine Weile lag Rip da und betrachtete die Gegend. Der Abend brach allmählich herein, und die Berge begannen ihre langen blauen Schatten über die Täler zu werfen. Er sah ein, daß er erst lange nach Einbruch der Dunkelheit das Dorf erreichen würde, und seufzte tief auf, als er daran dachte, daß er sich wieder der Schreckensherrschaft Frau van Winkles unterwerfen mußte.

Wie er gerade hinabsteigen wollte, hörte er auf einmal aus der Ferne eine Stimme rufen: »Rip van Winkle! Rip van Winkle!« Er schaute um sich, sah aber nur eine Krähe, die einsam über den Bergen dahinschwebte. Er meinte, seine Phantasie hätte ihn getrogen, und setzte seinen Weg nach unten fort, als er abermals denselben Ruf in der stillen Abendluft vernahm: »Rip van Winkle! Rip van Winkle!« Zur gleichen Zeit sträubten sich Wolfs Haare, er knurrte, schlich sich an seines Herrn Seite und blickte ängstlich hinunter in die Schlucht. Rip fühlte sich von einer unerklärlichen Angst erfaßt. Er blickte furchtsam nach derselben Richtung und sah eine fremde Gestalt mühsam den Berg hinaufsteigen, tief gebeugt unter einer schweren Last auf dem Rücken. Er wunderte sich, in dieser einsamen und verlassenen Gegend ein menschliches Wesen zu sehen, aber er nahm an, es sei jemand aus der Nachbarschaft, der seinen Beistand benötige, und so eilte er hinab, um ihm zu helfen.

Beim Näherkommen staunte er noch mehr über das seltsame Aussehen des Fremden. Es war ein untersetzter, breitschultriger alter Mann mit dichtem, buschigem Haar und grauem Bart. Er war nach alter holländischer Sitte gekleidet, mit einem in der Taille gegürteten Tuchwams, mehreren Paar Hosen, von denen die äußere, ungewöhnlich weite an der Seite mit einer Reihe Knöpfen geschmückt und mit Kniebunden versehen war. Auf der Schulter trug er ein schweres Faß, das wahrscheinlich Branntwein enthielt, und er winkte Rip zu sich heran, damit dieser ihm tragen helfe. Obgleich Rip ziemlich argwöhnisch war und seinem neuen Bekannten nicht recht traute, kam er dem Wunsch doch mit der ihm eigenen Bereitwilligkeit nach, und während sie sich im Tragen abwechselten, kletterten sie eine enge Rinne hinauf, die allem Anschein nach das trockene Bett eines Wildbaches war. Beim Hinaufsteigen hörte Rip hin und wieder ein lange nachhallendes Getöse, das wie fernes Donnergrollen aus einer tiefen Schlucht oder vielmehr einer hohen Felsspalte klang, wohin der holprige Weg führte. Er blieb einen Augenblick stehen, aber da er es für das dumpfe Rollen eines jener kurzen Gewitterschauer hielt, wie sie im Gebirge oft niedergehen, setzte er seinen Weg fort. Als sie die

Schlucht hinter sich hatten, kamen sie an eine wie ein kleines Amphitheater aussehende Höhle, die von jähen Abgründen umgeben war. Die Bäume neigten sich über deren Ränder und reckten ihre Zweige vor, so daß man den blauen Himmel und die hellen Abendwolken nur flüchtig sehen konnte. Die ganze Zeit über hatten Rip und sein Begleiter sich schweigend abgemüht; wohl wunderte sich Rip sehr, wozu ein Faß Branntwein auf diesen rauhen Berg hinaufgeschleppt wurde, aber den Fremden umgab etwas Seltsames und Unerklärliches, das Scheu einflößte und kein Vertrauen aufkommen ließ.

Beim Betreten des Amphitheaters gab es abermals Seltsames zu bestaunen. Auf einem Plateau in der Mitte war eine Gesellschaft eigenartig aussehender Personen beim Kegelspiel versammelt. Alle waren altmodisch und fremdartig gekleidet; ein paar trugen kurze Jacken, andere Wämser mit langen Messern im Gürtel, und die meisten hatten dieselben übermäßig weiten Hosen an wie sein Führer. Auch ihre Gesichter sahen eigenartig aus: einer hatte einen großen Kopf, ein breites Gesicht und kleine Schweinsäuglein; das Gesicht eines anderen schien zur Gänze nur aus einer Nase zu bestehen und war von einem kegelförmigen weißen Spitzhut eingerahmt, den eine rote Hahnenfeder zierte. Alle hatten Bärte verschiedener Form und Farbe. Einer schien ihr Anführer zu sein. Es war ein untersetzter alter Mann mit einem wettergegerbten Gesicht, der ein spitzenbesetztes Wams trug, einen breiten Gürtel mit Hirschfänger, einen hohen Spitzhut mit einer Feder, rote Strümpfe und rosettenbesetzte Schuhe mit hohen Absätzen. Die ganze Gesellschaft erinnerte Rip an die Gestalten auf einem alten flämischen Gemälde im Wohnzimmer des Dorfgeistlichen van Schaick, das zur Zeit der Besiedlung von Holland mitgebracht worden war.

Rip wunderte sich besonders darüber, daß sich die Männer doch offensichtlich vergnügten, dabei aber ganz ernst blieben und geheimnisvollstes Schweigen wahrten, so daß sie die traurigsten Spieler darstellten, die er je in seinem Leben beisammen gesehen hatte. Nichts unterbrach die Stille des Schauplatzes als das Rollen der Kugeln, das wie dumpfes Donnergrollen von den Bergen widerhallte, sobald sie geschoben wurden.

Als Rip und sein Begleiter näher kamen, hielten sie plötzlich in ihrem Spiel inne und starrten ihn mit so durchdringendem Blick und so seltsamen, wunderlichen und glanzlosen Mienen an, daß sich ihm das Herz im Leibe umdrehte und seine Knie schlotterten. Sein Begleiter leerte nun den Inhalt des Fasses in große, bauchige Flaschen und bedeutete Rip, die Gesellschaft zu bedienen. Rip gehorchte zitternd und voll Furcht; sie tranken den Branntwein in tiefem Schweigen und wandten sich dann wieder ihrem Spiel zu.

Allmählich schwanden Rips Scheu und Befürchtungen. Wenn es niemand sah, wagte er es sogar, das Getränk zu kosten, das seiner Meinung nach wie vorzüglicher Wacholderschnaps schmeckte. Er war von Natur eine durstige Seele und kam bald wieder in Versuchung, einen neuen Schluck zu nehmen. Einer zog den anderen nach sich, und er wiederholte seine Besuche bei der Flasche so oft, daß er schließlich seiner Sinne nicht mehr mächtig war, es schwamm ihm vor den Augen, sein Haupt sank langsam herab, und er fiel in tiefen Schlaf.

Beim Erwachen fand er sich wieder auf dem grünen Hügel, von wo aus er den alten Mann in der Schlucht zuerst gesehen hatte. Er rieb sich die Augen – es war heller, sonniger Morgen. Die Vögel hüpften hin und her und zwitscherten in den Büschen, und ein Adler schwebte hoch in den Lüften und kämpfte gegen den frischen Bergwind an. ›Ich werde doch nicht die ganze Nacht hier geschlafen haben?‹ dachte Rip. Er rief sich die Geschehnisse des Abends ins Gedächtnis zurück. Der seltsame Alte mit dem Branntweinfaß – die Bergschlucht – der wilde Zufluchtsort zwischen den Felsen – die traurige Kegelgesellschaft – die Flasche – ›Oh! Diese Flasche! Diese verflixte Flasche!‹ dachte Rip. ›Was soll ich bloß Frau van Winkle erzählen!‹ Er suchte seine Büchse, aber an Stelle der sauberen, gut geölten Büchse lag eine alte Flinte neben ihm, mit verrostetem Lauf, wackligem Schloß und morschem Schaft. Er vermutete nun, daß die ernsten Zecher ihm einen Streich gespielt und seine Flinte geraubt hätten, nachdem sie ihn berauscht hatten. Auch Wolf war verschwunden, aber der konnte auch hinter einem Eichhörnchen oder Rebhuhn her sein. Er pfiff nach ihm und rief seinen Namen, doch es war alles vergeblich. Pfeifen und Rufen schallten als Echo zurück, während der Hund nirgends zu sehen war.

Da entschloß sich Rip, den Schauplatz des Treibens vom vergangenen Abend aufzusuchen und seinen Hund und seine Flinte zurückzufordern, falls er jemanden von der Gesellschaft zu Gesicht bekäme. Als er sich zum Gehen erhob, konnte er seine Glieder kaum bewegen, so steif waren sie. ›Solche Lager auf dem Berg sind nichts für mich‹, dachte Rip, ›und wenn mich der Spaß einen Rheumaanfall kostet und ich liegen muß, dann habe ich ja eine herrliche Zeit bei Frau van Winkle zu erwarten!‹ Nur mit Schwierigkeit gelangte er hinunter in die Schlucht. Er fand das Flußbett, durch das er mit seinem Begleiter am vergangenen Abend aufgestiegen war, aber zu seiner Verwunderung stürzte nun ein schäumender Wildbach herunter, sprang von Fels zu Fels und erfüllte die Schlucht mit seinem tosenden Rauschen. Es gelang Rip jedoch, an der Seite hochzuklettern und sich mühsam einen Weg durch dichtes Birken-, Lorbeer- und Haselgestrüpp zu bahnen; dabei kam er öfters zu Fall oder verstrickte sich in den Reben des wilden Weins, die sich von Baum zu Baum rankten und den Pfad wie mit einem dichten Netzwerk überzogen.

Schließlich erreichte er die Stelle, wo die Schlucht zu dem Amphitheater im Felsen geführt hatte, aber davon war keine Spur mehr zu sehen. Die Felsen bildeten eine hohe und undurchdringliche Wand, über die der reißende Fluß mit seinem weißen Gischt in ein tiefes, breites Becken stürzte, das dunkel war vom Schatten des angrenzenden Waldes. Hier blieb der arme Rip stehen. Er rief und pfiff wieder nach seinem Hund, aber als Antwort kam nur träges Krächzen von einem Schwarm müßiger Krähen, die hoch in den Lüften einen dürren Baum umkreisten, der in einen sonnigen Abgrund hineinragte, und die in ihrer sicheren Höhe über die Verwirrung des armes Mannes zu spotten schienen. Was sollte er nur tun? Der Morgen war vergangen, und Rip verspürte Hunger, denn er hatte nicht gefrühstückt. Es tat ihm leid, daß er Hund und Flinte verloren hatte, er hatte Angst vor dem Wiedersehen mit seiner Frau, aber er wollte auch nicht in den Bergen verhungern. Er schüttelte den Kopf, hängte die rostige Flinte über die Schulter und lenkte seine Schritte heimwärts, das Herz von Kummer und Angst erfüllt.

Als er in die Nähe des Dorfes kam, traf er ein paar Leute,

aber er kannte niemanden, was ihn ziemlich verwunderte, da er bisher immer geglaubt hatte, alle in der Gegend zu kennen. Auch waren sie nach einer anderen Mode gekleidet als die, die er gewohnt war. Sie starrten ihn alle mit denselben verwunderten Mienen an, und sowie sie ihn erblickten, fuhren sie sich mit der Hand über das Kinn. Die stete Wiederholung dieser Geste verleitete Rip unwillkürlich dazu, dasselbe zu tun, und zu seinem Erstaunen stellte er auf einmal fest, daß sein Bart einen Fuß lang gewachsen war!

Er hatte nun den Dorfrand erreicht. Eine Schar fremder Kinder heftete sich an seine Fersen, johlte hinter ihm her und zeigte auf seinen grauen Bart. Auch die Hunde, von denen er keinen einzigen als alten Bekannten wiedererkannte, bellten, als er vorbeikam. Sogar das Dorf selbst sah verändert aus, es war größer und belebter. Lange Häuserreihen standen da, die er noch nie gesehen hatte, und Häuser, in denen er oft aus und ein gegangen war, waren gänzlich verschwunden. Fremde Namen standen über den Türen – fremde Gesichter waren hinter den Fenstern –, alles war fremd. Er ahnte nichts Gutes und begann sich zu fragen, ob nicht er selbst und alles um ihn her verhext sei. Zweifellos war dies sein Heimatdorf, das er erst am Tag vorher verlassen hatte. Da waren die Catskill-Berge, da floß der silbrige Hudson in der Ferne, da war jeder Hügel und jedes Tal genauso wie immer – und Rip war nun völlig verwirrt. ›Dieses Zeug gestern abend‹, dachte er, ›hat meinem armen Kopf arg zugesetzt!‹

Nicht ohne Mühe fand er den Weg zu seinem Haus, dem er sich mit geheimer Scheu näherte, denn er erwartete jeden Augenblick, Frau van Winkles schrille Stimme zu hören. Er fand das Haus halb verfallen vor – das Dach eingestürzt, die

Fenster zerbrochen und die Türen aus den Angeln. Ein halbverhungerter Hund, der Wolf ähnlich sah, schlich herum. Rip rief ihn beim Namen, aber der Köter knurrte, fletschte die Zähne und lief weiter. Das war ein schwerer Schlag für den armen Rip. »Sogar mein eigener Hund«, seufzte er, »hat mich vergessen!«

Er betrat das Haus, das Frau van Winkle, um die Wahrheit zu sagen, immer in bester Ordnung gehalten hatte. Es war leer, einsam und offensichtlich verlassen. Diese Öde war stärker als jede Angst vor dem Ehejoch, und er rief laut nach Frau und Kindern, aber seine Stimme schallte nur einen Augenblick durch die einsamen Räume, dann war alles wieder still.

Er eilte nun weiter und lief zu seinem alten Zufluchtsort, dem Dorfwirtshaus – aber auch das gab es nicht mehr. An seiner Stelle stand ein großes, morsches Holzhaus mit großen offenen Fenstern, einige zerbrochen und mit alten Hüten und Unterröcken ausgestopft, und über der Tür stand gemalt: ›Hotel Union – Besitzer Jonathan Doolittle‹. An Stelle des großen Baumes, der einst das stille kleine holländische Wirtshaus beschirmte, stand nun eine hohe, kahle Stange, an der oben eine Art rote Schlafmütze hing und von der eine Fahne mit vielen Sternen und Streifen flatterte – das alles war seltsam und völlig unverständlich. Gleichwohl erkannte er auf dem Schild das rosige Antlitz König Georgs, unter dem er so manchen friedlichen Pfeifenzug getan hatte; aber auch das war seltsam verwandelt. Statt des roten Rockes trug er einen blauen und lederfarbenen, in der Hand hielt er statt des Zepters ein Schwert, das Haupt war mit einem Dreispitz geschmückt, und darunter stand in Großbuchstaben: GENERAL WASHINGTON.

Wie gewöhnlich hatte sich vor der Tür eine Schar Leute versammelt, aber Rip kannte niemanden davon. Sogar der Charakter der Menschen schien verändert zu sein. Statt der üblichen Gelassenheit und schläfrigen Ruhe herrschte ein hektischer, geschäftiger und streitsüchtiger Ton. Vergeblich hielt Rip Ausschau nach dem weisen Nicholas Vedder mit seinem breiten Gesicht, dem Doppelkinn und der schönen langen Pfeife, der statt leerer Reden Wolken von Tabakrauch von sich gab, oder nach van Bummel, dem Schulmeister, der so gnädig war, aus einer alten Zeitung vorzulesen. Statt dieser hielt ein hagerer, mürrisch aussehender Bursche mit Taschen voller Flugblätter eine leidenschaftliche Rede über Bürgerrechte, Wahlen, Kongreßmitglieder, Freiheit, Bunker's Hill, Helden von Sechsundsiebzig und anderes – für den verwirrten van Winkle ein regelrechtes Kauderwelsch.

Rips Erscheinung, sein langer grauer Bart, seine rostige alte Flinte, das seltsame Gewand und die Schar von Frauen und Kindern, die ihm folgten, zogen sogleich die Aufmerksamkeit der Wirtshauspolitiker auf sich. Sie umringten ihn und besahen ihn mit großer Neugierde von Kopf bis Fuß. Der Redner drängte sich an ihn heran, zog ihn ein wenig beiseite und fragte ihn, ›für welche Partei er wähle‹. Rip starrte ihn verdutzt an. Ein anderer untersetzter und geschäftiger kleiner Mann zog ihn am Rockärmel, stellte sich auf die Zehen und flüsterte fragend in sein Ohr, ›ob er Föderalist oder Demokrat sei‹. Wiederum konnte Rip die Frage nicht verstehen. Da bahnte sich ein schlau aussehender und wichtigtuerischer alter Mann mit einem hohen Dreispitz den Weg durch die Menge, indem er beim Gehen mit den Ellbogen nach rechts und links stieß, und pflanzte sich vor Rip van Winkle auf, stemmte einen Arm in die Seite, stützte den anderen auf seinen Stock – seine scharfen Augen und sein spitzer Hut schienen Rip bis in die Seele zu dringen – und fragte ihn in strengem Ton, ›warum er mit einer Flinte auf der Schulter und einem Haufen Menschen hinter sich zur Wahl gehe und ob er im Dorf einen Aufstand anstiften wolle‹. »Aber meine Herren!« rief Rip etwas beklommen aus. »Ich bin ein armer, friedliebender Mensch, ein Ortsansässiger und ein ergebener Untertan des Königs, Gott segne ihn!«

Hier brach überall unter den Umstehenden Lärm aus. »Ein Tory! Ein Tory! Ein Spion! Ein Flüchtling! Packt ihn! Fort mit ihm!« Nur mit großer Mühe konnte der wichtigtuerische Mann mit dem Dreispitz die Ordnung wiederherstellen; und nachdem er eine zehnfach strengere Miene aufgesetzt hatte, fragte er den unbekannten Verbrecher nochmals, warum er gekommen sei und wen er suche. Der arme Mann versicherte ihm demütig, daß er nichts Böses vorhabe, sondern nur einige seiner Nachbarn suche, die sich sonst immer im Wirtshaus aufgehalten hätten.

»Nun, wer sind sie? Sagt, wie sie heißen!«

Rip überlegte eine Weile und fragte dann: »Wo ist Nicholas Vedder?«

Es herrschte kurzes Schweigen, dann antwortete ein alter Mann mit einer schwachen, pfeifenden Stimme: »Nicholas Vedder? Nun, der ist schon seit achtzehn Jahren tot und dahin! Auf dem Friedhof war mal eine Tafel, auf der alles über ihn stand, aber die ist jetzt morsch und auch dahin.«

»Wo ist Brom Dutcher?«

»Oh, der ist bei Kriegsausbruch zum Heer gegangen. Manche behaupten, er wäre bei der Erstürmung von Stony Point ums Leben gekommen. Wieder andere sagen, er sei bei einer Bö am Vorgebirge von Antony's Nose ertrunken. Ich weiß es nicht. Zurückgekommen ist er jedenfalls nicht.«

»Wo ist van Bummel, der Schullehrer?«

»Er ist auch in den Krieg gezogen. War damals ein großer General und sitzt jetzt im Kongreß.«

Rip sank der Mut, als er von diesen traurigen Veränderungen in seinem Heimatdorf und unter seinen Freunden hörte und sich auf einmal allein in der Welt fand. Jede Antwort gab ihm überdies neue Rätsel auf, weil es um so große Zeiträume und Geschehnisse ging, aus denen er nicht klug wurde: Krieg – Kongreß – Stony Point. Er hatte nicht mehr den Mut, nach anderen Freunden zu fragen, sondern rief verzweifelt aus: »Kennt denn hier keiner Rip van Winkle?«

»Oh, Rip van Winkle!« riefen zwei oder drei. »Aber natürlich! Der lehnt dort am Baum!«

Rip schaute hin und erblickte sein genaues Ebenbild aus der Zeit, da er in die Berge gegangen war: offensichtlich ebenso faul und ohne Zweifel genauso zerlumpt. Der arme Kerl war nun völlig verwirrt. Er zweifelte an seinem eigenen Ich und fragte sich, ob er auch wirklich er selbst und nicht ein anderer sei. Als er immer noch aufgeregt darüber nachdachte, fragte der Mann mit dem Dreispitz, wer er sei und auf welchen Namen er höre.

»Das weiß Gott allein!« rief er und wußte nicht mehr ein noch aus. »Ich bin nicht mehr ich selbst – ich bin jemand anderes – der dort drüben bin ich – nein, das ist ein anderer an meiner Stelle –, gestern abend war ich noch ich selbst, aber dann bin ich droben auf dem Berg eingeschlafen, und man hat meine Flinte vertauscht, und jetzt ist alles verändert, sogar ich selber, und ich weiß nicht, wie ich heiße und wer ich bin!«

Die Umstehenden begannen nun einander zuzunicken, bedeutungsvoll zu blinzeln und sich mit dem Finger auf die Stirn zu tippen. Es wurde auch geflüstert, daß man die Flinte in Sicherheit bringen und den alten Mann davon abhalten solle, Unheil zu stiften, und bei diesem Rat zog sich der wichtigtuerische Mann mit dem spitzen Hut schleunigst nach hinten zurück. In diesem kritischen Augenblick bahnte sich ein adrettes Frauenzimmer den Weg durch die Menge, um einen Blick auf den graubärtigen Mann zu werfen. Sie hielt ein molliges Kind im Arm, das, von seinem Aussehen eingeschüchtert, zu schreien begann. »Still, Rip«, rief sie, »still, du kleiner Narr, der alte Mann tut dir doch nichts!« Der Name des Kindes, das Aussehen der Mutter und der Klang ihrer Stimme, das alles rief eine Flut von Erinnerungen in Rip hervor. »Wie heißt Ihr, gute Frau?« fragte er.

»Judith Gardenier.«

»Und Euer Vater?«

»Ach, der arme Mann! Rip van Winkle hieß er. Aber es ist schon zwanzig Jahre her, seit er mit seiner Flinte von daheim fort ist, und wir haben nie wieder etwas von ihm gehört. Sein Hund ist ohne ihn nach Hause gekommen. Niemand weiß, ob er sich erschossen hat oder von den Indianern verschleppt worden ist. Ich war damals noch ein kleines Mädchen.«

Rip brauchte nur noch eine Frage zu stellen, und er stellte sie mit stammelnder Stimme:

»Wo ist Eure Mutter?«

»Oh, sie ist vor kurzem auch gestorben. Ihr ist in einem

Zornanfall über einen neuenglischen Hausierer ein Blutgefäß geplatzt.«

Wenigstens in dieser Nachricht fand er ein wenig Trost. Der ehrliche Mann konnte sich nicht länger zurückhalten. Er umarmte seine Tochter und ihr Kind. »Ich bin dein Vater!« rief er. »Der junge Rip van Winkle einst – und jetzt der alte Rip van Winkle! Kennt denn niemand mehr den armen Rip van Winkle?«

Alle standen erstaunt da, bis eine alte Frau aus der Menge gewankt kam, mit der Hand die Augen beschattete, einen Augenblick in sein Gesicht starrte und dann rief: »Aber gewiß doch! Es ist Rip van Winkle. Er ist es leibhaftig! Willkommen zu Hause, alter Nachbar! Sagt, wo seid Ihr diese zwanzig langen Jahre gewesen?«

Rips Geschichte war bald erzählt, denn die zwanzig Jahre waren für ihn nur eine Nacht gewesen. Die Nachbarn machten große Augen, als sie es hörten; ein paar blinzelten einander zu und schoben die Zunge unter die Wange; und der wichtigtuerische Mann mit dem spitzen Hut, der, nachdem die Gefahr vorbei war, wieder zum Kampfplatz zurückkam, zog die Mundwinkel nach unten und schüttelte den Kopf, worauf auch alle Anwesenden den Kopf schüttelten.

Es wurde jedoch beschlossen, die Meinung des alten Peter Vanderdonk zu hören, den man langsam die Straße heraufkommen sah. Er war ein Nachfahr des Historikers gleichen Namens, der einen der ersten Berichte über die Provinz geschrieben hatte. Peter war der älteste Dorfbewohner und kannte sich gut in allen ungewöhnlichen Ereignissen und Sitten der Gegend aus. Er erinnerte sich sogleich an Rip und bestätigte dessen Erzählung auf völlig befriedigende Weise. Er versicherte den Versammelten, es sei schon von seinem Vorfahr, dem Historiker, überliefert worden, daß die Catskill-Berge seit jeher von übernatürlichen Wesen heimgesucht würden. Er habe auch bestätigt, daß der berühmte Hendrick Hudson, der den Fluß und das Land entdeckt hatte, dort alle zwanzig Jahre des Nachts mit seiner Mannschaft vom ›Halbmond‹ zusammentreffe und es ihm auf diese Weise gestattet sei, die Stätten seiner Expedition wiederzusehen und ein wachsames Auge auf den Fluß und die große Stadt zu werfen, die seinen Namen trugen, und daß sein Vater sie einst in ihren alten holländischen Trachten beim Kegeln in einer Gebirgshöhle beobachtet und auch er selbst an einem Sommernachmittag den Klang ihrer Kugeln wie fernes Donnerrollen gehört habe.

Um es kurz zu machen, die Gesellschaft brach alsbald wieder auf und kehrte zu den wichtigeren Belangen der Wahl zurück. Rips Tochter nahm ihn mit nach Hause, damit er bei ihr wohne; sie besaß ein gut eingerichtetes, hübsches Heim und hatte einen stämmigen, gut aufgelegten Bauern zum Mann, in dem Rip einen der Straßenjungen wiedererkannte, die dereinst auf seinen Rücken zu klettern pflegten. Was Rips Sohn und Erben anlangte, der sein genaues Ebenbild war und den man am Baum hatte lehnen sehen, so arbeitete er mit auf dem Hof; aber er zeigte eine angeborene Vorliebe für alle möglichen Beschäftigungen, nur nicht für Arbeit.

Rip nahm nun seine alten Spaziergänge und Gewohnheiten wieder auf. Er traf auch bald viele seiner alten Bekannten, obgleich diese mehr unter dem Zahn der Zeit hatten leiden müssen; doch er zog es vor, sich Freunde unter der jüngeren Generation zu suchen, bei der er bald in hohem Ansehen stand.

Da er zu Hause nichts zu tun und das glückliche Alter erreicht hatte, in dem ein Mann sich ungestraft ausruhen darf, nahm er wieder seinen Platz auf der Bank vor dem Wirtshaus ein und wurde als einer der Dorfältesten und als Chronist der guten alten Zeit ›vor dem Krieg‹ verehrt. Es dauerte eine Weile, bis er am üblichen Geplauder teilnehmen und die seltsamen Ereignisse verstehen konnte, die in der Zeit seiner Erstarrung stattgefunden hatten: daß ein Befreiungskrieg gewesen war, das Land das Joch des Mutterlandes abgeschüttelt habe und er nicht mehr Untertan Seiner Majestät Georgs des Dritten, sondern ein freier Bürger der Vereinigten Staaten sei. Rip war von Natur kein Politiker, und der Wechsel von Staaten und Königreichen machte nur wenig Eindruck auf ihn. Doch eine Art Despotie gab es, unter der er lange genug gestöhnt hatte – und das war Weiberherrschaft. Zum Glück war diese nun zu Ende, sein Nacken nicht mehr ins Ehejoch gespannt, und er konnte daheim bleiben oder ausgehen, wie es ihm beliebte, ohne daß er die Tyrannei der Frau van Winkle fürchten mußte. Aber sobald auch nur ihr Name erwähnt wurde, schüttelte er den Kopf, zuckte mit den Achseln und warf einen Blick gen Himmel, was man entweder als Ausdruck der Ergebung in sein Schicksal oder der Freude über seine Befreiung ansehen konnte.

Er pflegte seine Geschichte jedem Fremden zu erzählen, der in Mr. Doolittles Hotel kam. Anfangs konnte man feststellen, daß er einige Punkte beim Erzählen jedesmal anders wiedergab, was zweifellos darauf zurückzuführen war, daß er erst vor kurzem das Bewußtsein wiedererlangt hatte. Doch zuletzt lief es dann genau auf die von mir erzählte Geschichte hinaus, und es gab keinen Mann, keine Frau und kein Kind in der Umgebung, die sie nicht auswendig kannten. Einige zweifelten an ihrer Wahrheit und bestanden darauf, daß Rip nicht ganz bei Sinnen gewesen und dies ein Punkt sei, bei dem er stets ein wenig flunkerte. Doch die alten holländischen Bewohner hielten sie beinahe alle für wahr. Sogar bis zum heutigen Tag hören sie nie einen Gewittersturm an einem Sommernachmittag in den Catskill-Bergen, ohne zu sagen, daß Hendrick Hudson und seine Mannschaft kegelten, und alle unter dem Pantoffel stehenden Ehemänner in dieser Gegend wünschen sich im geheimen einen Schlaftrunk aus Rip van Winkles Flasche, wenn ihnen das Leben zu sauer wird.

Anmerkung

Man vermutet vielleicht, daß Herr Knickerbocker zu der vorausgehenden Erzählung durch die deutsche Sage von Kaiser Rotbart und dem Kyffhäuser angeregt worden sei; die folgende Anmerkung, die er der Erzählung beigefügt hat, beweist jedoch, daß es sich um reine Tatsachen handelt, die er mit der ihm eigenen Treue wiedergegeben hat:

›Rip van Winkles Geschichte mag vielen unglaublich erscheinen, aber nichtsdestoweniger halte ich sie für völlig wahr, denn ich weiß, daß es in der Gegend unserer alten holländischen Siedlungen diese wunderbaren Ereignisse und Erscheinungen tatsächlich gegeben hat. Ich habe sogar in den Dörfern am Hudson noch viel seltsamere Geschichten als diese gehört, alle so gut verbürgt, daß sie keinerlei Zweifel zulassen. Auch habe ich mit Rip van Winkle selber gesprochen. Als ich ihn zuletzt sah, war er ein sehr ehrbarer alter Herr und so gut bei Verstand wie auch sonst glaubwürdig, daß ich meine, kein vernünftiger Mensch sollte sich weigern, dies mit in Kauf zu nehmen. Ja, ich habe sogar eine Bestätigung des Themas gesehen, von einem Landgericht ausgestellt und vom Richter persönlich mit einem Kreuz unterzeichnet. Die Geschichte ist daher über jeden Zweifel erhaben.‹

D. K.

Nachschrift

Die folgenden Reisebemerkungen stammen aus einem Notizbuch des Herrn Knickerbocker:

›Die Kaatsberge oder die Catskills waren schon immer eine an Sagen reiche Gegend. Die Indianer hielten sie für den Schlupfwinkel von Geistern, von denen das Wetter abhing, die dem Land Sonnenschein oder Regen schickten und gute oder schlechte Jagdzeiten bescherten. Beherrscht wurden sie vom Geist einer alten Indianerin, die ihre Mutter sein sollte. Sie lebte am höchsten Gipfel der Catskill-Berge und beaufsichtigte die Türen des Tages und der Nacht, die sie zur richtigen Stunde öffnete und wieder schloss. Sie hängte die jungen Monde ans Himmelszelt und zerschnitt sie dann später in Sterne. War sie günstig gesinnt, so wirkte sie in Dürrezeiten leichte Sommerwolken aus Spinngewebe und Morgentau und schickte sie vom Gipfel des Berges herab, lauter kleine weiße Watteflöckchen, die durch die Luft wirbelten, bis sie dann unter der Sonnenglut schmolzen und in sanften Regenschauern zur Erde niederfielen, das Gras zum Sprießen und die Früchte zum Reifen brachten und den Mais binnen einer Stunde um einen Zoll wachsen ließen. War sie jedoch nicht günstig gesinnt, dann brau-

79

te sie tintenschwarze Wolken zusammen, in deren Mitte sie wie eine dickbäuchige Spinne in ihrem Netz hockte, und wehe den Tälern, wenn diese Wolken sich später entluden!

Die indianischen Sagen berichten, daß es in alten Zeiten einen Manitu, einen Geist, gegeben habe, der sich in den wildesten Schluchten der Catskill-Berge aufgehalten und teuflisches Vergnügen daran gefunden hätte, alle möglichen Bosheiten und üblen Ränketaten an den Rothäuten auszulassen. Manchmal sei er in die Gestalt eines Bären, eines Panthers oder eines Hirsches geschlüpft und habe den unglücklichen Jäger auf eine ermüdende Verfolgungsjagd durch dichte Wälder und zerklüftete Felsen gelockt, bis er dann plötzlich mit lautem Hoho fortgesprungen sei und den Jäger voll Entsetzen am Rande eines gefährlichen Abgrunds oder eines reißenden Stromes seinem Schicksal überlassen habe.

Den Lieblingswohnsitz dieses Manitu kann man heute noch sehen. Es ist ein großes Felsenriff an der einsamsten Stelle des Gebirges, das nach den blühenden Weinranken, die es umwuchern, und nach den dort üppig sprießenden wilden Blumen der Gartenfelsen genannt wird. Nicht weit von seinem Fuß entfernt liegt ein kleiner See, an dem sich die einsame Rohrdommel aufhält und Wasserschlangen auf den Blättern der Seerosen ein Sonnenbad nehmen. Dieser Ort wurde von den Indianern für so heilig gehalten, daß nicht einmal der mutigste Jäger sein Wild dorthin verfolgte. Einmal aber hatte sich doch einer verirrt und war bis zum Gartenfelsen vorgedrungen, wo er in den Baumgabelungen ein paar Kürbisse hängen sah. Er holte sich einen herunter und machte sich mit ihm davon, ließ ihn aber in der Eile zwischen die Felsen fallen. Da wälzte sich plötzlich ein mächtiger Strom dahin, der den Jäger mit sich fortriß und in den Abgrund hinunterzog, wo er in tausend Stücke zerschmettert wurde. Der Strom aber nahm seinen Lauf zum Hudson, und er fließt noch bis auf den heutigen Tag, denn es ist derselbe Fluß, der jetzt den Namen Catskill trägt.‹

Der Geisterbräutigam

Erzählung eines Reisenden

> Dem die Mahlzeit zugedacht, der liegt
> nun eiskalt in der Nacht! Gestern führt
> ich ihn zur Ruh, heute deckt ihn
> Graustahl zu.
> *Sir Eger, Sir Grahame und Sir Graustahl*

Auf dem Gipfel einer der Höhen des Odenwaldes, einer wilden und romantischen Gegend in Süddeutschland, nicht weit vom Zusammenfluß des Mains und Rheins gelegen, stand vor vielen, vielen Jahren die Burg des Barons von Landshort. Sie ist jetzt ganz verfallen und beinahe unter Buchen und dunklen Tannen begraben, über die nur noch ein alter Wachtturm emporragt, der genau wie sein eben erwähnter früherer Besitzer bemüht ist, sein Haupt hoch zu tragen und auf die umliegende Gegend herunterzuschauen.

Der Baron war ein trockener Zweig des mächtigen Geschlechts derer von Katzenellenbogen,* der zugleich mit den Überresten der Besitztümer auch den ganzen Stolz seiner Ahnen geerbt hatte. Obwohl die Familiengüter durch die kriegerische Neigung seiner Vorfahren sehr geschmälert worden waren, suchte der Baron dennoch den äußeren Schein des einstigen Glanzes aufrechtzuerhalten. Es waren

---

* Der Name eines in dieser Gegend einst sehr mächtigen alten Geschlechts. Die Benennung soll der Familie zu Ehren einer erlauchten Dame verliehen worden sein, die sich durch die Schönheit ihrer Arme auszeichnete.

friedliche Zeiten, und die deutschen Edelleute hatten im allgemeinen ihre unbequemen alten Burgen, die wie Adlernester an den Bergen klebten, verlassen und sich angenehmere Wohnsitze in den Tälern gebaut. Nur der Baron harrte in stolzer Zurückgezogenheit in seiner kleinen Festung aus und hielt mit ererbter Hartnäckigkeit alle alten Familienfehden aufrecht, so daß er mit einigen seiner nächsten Nachbarn noch immer wegen Streitigkeiten aus der Zeit ihrer Urgroßväter auf Kriegsfuß stand. Der Baron hatte nur ein einziges Kind, eine Tochter. Aber wenn die Natur einem nur ein Kind schenkt, so gleicht sie das immer damit aus, daß sie ein Musterkind aus ihm macht, und so verhielt es sich auch mit der Tochter des Barons. Alle Ammen, Muhmen und Klatschbasen im Lande versicherten dem Vater, daß ihr in ganz Deutschland niemand an Schönheit gleichkäme, und wer sollte es schon besser wissen? Überdies war sie mit größter Sorgfalt unter der Oberaufsicht zweier lediger Tanten erzogen worden, die in ihrer Jugend mehrere Jahre an einem der vielen kleinen deutschen Fürstenhöfe zugebracht hatten und auf allen Wissensgebieten die notwendigen Kenntnisse für die Erziehung eines vornehmen Fräuleins besaßen. Unter ihrer Anleitung wurde sie ein Wunder an Vollkommenheit. Mit achtzehn Jahren konnte sie auffallend schön sticken und hatte ganze Heiligenlegenden in Tapisserien angefertigt, mit einer solchen Ausdruckskraft in den Gesichtszügen, daß sie wie die Seelen im Fegefeuer aussahen. Sie verstand fast mühelos zu lesen und hatte sich durch mehrere Kirchengeschichten und beinahe alle Ritterabenteuer des ›Heldenbuches‹ durchbuchstabiert. Sie hatte sogar bemerkenswerte Fertigkeit im Schreiben erlangt, konnte ihren eigenen Namen schreiben, ohne einen Buchstaben zu vergessen, und so gut leserlich, daß ihn ihre Tanten ohne Brille entziffern konnten. Mit besonderem Geschick fertigte sie nach Damenart alle möglichen kleinen eleganten unnützen Dinge an, verstand anmutig die schwersten Figuren der damaligen Tänze zu tanzen, spielte eine Reihe von Liedern auf Harfe und Gitarre und kannte all die zärtlichen Balladen der Minnesänger auswendig.

Ihre Tanten, die in jüngeren Jahren sehr kokett und leichtlebig gewesen waren, eigneten sich besonders gut dazu, die Nichte wachsam zu beschützen und deren Benehmen aufs strengste zu kontrollieren; denn es gibt keine förmlichere und ehrbarere Anstandsdame als eine in die Jahre gekommene Kokette. Man ließ das Mädchen kaum aus den Augen; sie entfernte sich nie aus dem Burgbereich, es sei denn in geziemender Begleitung oder, besser gesagt, unter Bewachung. Dauernd erhielt sie Belehrungen über strenge Etikette und unbedingten Gehorsam, und was Männer anging – pah! –, da schärfte man ihr ein, solche Distanz zu wahren und so starkes Mißtrauen zu hegen, daß sie ohne Aufforderung nicht einen einzigen Blick auf den schönsten Kavalier der Welt geworfen hätte – nicht einmal, wenn ihn zu ihren Füßen der Tod ereilt hätte.

Die guten Wirkungen dieser Erziehungsmethode waren klar zu erkennen. Die junge Dame war ein Muster an Fügsamkeit und Wohlerzogenheit. Während andere ihren Liebreiz im Glanz der Welt vergeudeten und sich von jeder Hand pflücken und beiseite werfen ließen, erblühte sie scheu unter der Obhut dieser untadeligen alten Jungfern zu einer frischen und lieblichen Weiblichkeit, gleich einer Rosenknospe unter schützenden Dornen. Ihre Tanten empfanden Stolz und Genugtuung über sie und rühmten sich, daß wohl alle anderen jungen Mädchen der Welt vom Pfad der Tugend abweichen mochten, niemals aber, Gott sei Dank, die Erbin von Katzenellenbogen!

Doch wie dürftig auch Baron von Landshort mit Kindern gesegnet sein mochte, sein Haushalt war deshalb keineswegs klein, denn die Vorsehung hatte ihm arme Verwandte im Überfluß beschert. Sie alle hegten einer wie der andere die zärtliche Zuneigung, die man bei armen Verwandten gewöhnlich findet, waren dem Baron erstaunlich zugetan, kamen scharenweise bei jeder sich bietenden Gelegenheit und erfüllten die Burg mit Leben. Alle Familienfeste wurden von diesen guten Leuten auf Kosten des Barons gefeiert; und sobald sie in Stimmung gekommen waren, erklärten sie stets, daß es wirklich nichts Schöneres auf Erden gäbe als solche Familienfeiern, diese Freudenfeste des Herzens.

Der Baron war zwar klein von Statur, aber er hatte eine große Seele, und sie schwoll ihm vor Genugtuung darüber, in seinem kleinen Reich der Größte zu sein. Er liebte es, lange Geschichten von den alten Kriegern zu erzählen, deren Bildnisse grimmig von den Wänden herabblickten, und er konnte sich keine besseren Zuhörer wünschen als jene, die er auf seine Kosten mit Speise und Trank bewirtete. Er interessierte sich sehr für alles Übernatürliche und glaubte felsenfest an die zahlreichen Sagen, die sich in Deutschland um jeden Berg und jedes Tal ranken. Seine Gäste übertrafen diese Gläubigkeit sogar noch um ein vielfaches. Sie lauschten jeder Erzählung von irgendwelchen Wundern mit offenem Mund und weitaufgerissenen Augen und staunten immer wieder aufs neue, selbst wenn etwas zum hundertsten Mal wiederholt wurde. So lebte also Baron von Landshort, Orakel seiner Tafelrunde, als absoluter Herrscher in seinem kleinen Reich, und er war vor allem glücklich in seiner Überzeugung, der weiseste Mann seiner Tage zu sein.

Zu der Zeit, in der meine Geschichte sich zuträgt, fand auf der Burg aus einem höchst wichtigen Anlaß eine Familienzusammenkunft statt. Der für die Tochter des Barons ausgewählte Bräutigam sollte empfangen werden. Der Vater und ein alter Edelmann aus Bayern waren übereingekommen, die Würde ihrer Herrschaftshäuser durch eine Heirat ihrer Kinder zu vereinigen. In aller schicklichen Form waren die Vorbereitungen durchgeführt worden. Die jungen Leute waren miteinander versprochen, ohne sich vorher gesehen zu haben, und die Zeit für die Hochzeitsfeierlichkeiten wurde festgesetzt. Der junge Graf von Altenburg war zu diesem Zweck vom Heer abberufen und gerade auf dem Weg zum Baron, um seine Frau in Empfang zu nehmen. Aus Würzburg, wo er zufällig aufgehalten wurde, waren Sendschreiben von ihm eingegangen, die Tag und Stunde seiner Ankunft meldeten.

Das ganze Schloß war in Aufruhr, um ihm einen angemessenen Willkomm zu bereiten. Die schöne Braut war mit außergewöhnlicher Sorgfalt in kostbare Gewänder gekleidet. Die zwei Tanten hatten ihre Toilette beaufsichtigt und sich den ganzen Morgen über jedes Stück ihrer Kleidung gestritten. Mittlerweile nutzte die junge Dame ihren Streit, um ihrem eigenen Geschmack zu folgen, der glücklicherweise gut war. Sie sah so lieblich aus, wie es sich ein junger Bräutigam nur wünschen konnte; und die erwartungsvolle Erregung erhöhte nur noch ihre Reize.

Die Röte, die ihr Antlitz und ihren Hals übergoß, das sanfte Wogen ihres Busens, ihr hin und wieder in Träumerei verlorenes Auge – das alles verriet den leisen Aufruhr, der in ihrem zarten Herzen bebte. Die Tanten waren immer in ihrer Nähe, denn unverheiratete Tanten nehmen an derartigen Angelegenheiten stets großen Anteil. Sie gaben ihr eine Menge guter Ratschläge, wie sie sich benehmen, was sie sagen und wie sie den ersehnten Geliebten empfangen solle.

Der Baron traf seine Vorbereitungen nicht weniger eifrig. Im Grunde hatte er zwar gar nichts zu tun, aber er war von Natur ein rühriger und geschäftiger kleiner Mann und konnte nicht untätig bleiben, wenn alle anderen umherhasteten. Mit überaus besorgter Miene lief er in der Burg treppauf und treppab, hielt die Diener immer wieder von ihrer Arbeit ab, um sie zum Fleiß zu ermahnen, und schwirrte durch sämtliche Räume und Hallen, ruhelos und aufdringlich wie eine Schmeißfliege an einem heißen Sommertag.

Mittlerweile hatte man das gemästete Kalb geschlachtet, in den Wäldern war das laute Hallo der Jäger erklungen, die Küche war mit köstlichen Speisen angefüllt, die Keller hatten wahre Seen von Rhein- und Firnewein geliefert, und sogar das große Heidelberger Faß war angezapft worden. Alles war bereit, den vornehmen Gast mit Saus und Braus nach echt deutscher Gastfreundschaft zu empfangen – aber der Gast kam nicht. Eine Stunde um die andere verrann. Die Sonne, die tagsüber auf die tiefen Wälder des Odenwaldes herabgebrannt hatte, erglühte nun auf den Gipfeln der Berge. Der Baron stieg in den höchsten Turm hinauf und schaute sich bald die Augen aus in der Hoffnung, den Grafen samt seinem Gefolge in der Ferne zu erspähen. Einmal glaubte er schon, sie zu erblicken; Hörnerklang erscholl aus dem Tal und wurde durch das Echo verlängert. Tief unten war eine Schar Berittener zu erkennen, die langsam auf der

Straße dahinzogen; aber als sie schon beinahe den Fuß des Berges erreicht hatten, ritten sie plötzlich in anderer Richtung davon. Der letzte Sonnenstrahl ging unter, die Fledermäuse begannen in der Dämmerung umherzuflattern, die Straße verschwamm schon vor den Augen – doch nichts schien sich auf ihr zu regen, nur ab und zu schleppte sich ein Bauer müde von der Feldarbeit nach Hause.

Während in der alten Burg zu Landshort nun große Besorgnis herrschte, kam es in einem anderen Teil des Odenwaldes zu einem folgenschweren Zwischenfall.

Der junge Graf von Altenburg verfolgte ruhig seine Reiseroute in jener gelassenen Art, mit der ein Mann sich in den Ehestand begibt, wenn ihm seine Freunde alle Mühen und die Ungewißheit der Werbung ferngehalten haben und er die Gewißheit hat, daß ihn am Ende seiner Reise eine Braut und ein Festmahl erwarten. In Würzburg hatte er einen jungen Waffengenossen getroffen, mit dem er zusammen im Kampf gewesen war, Hermann von Starkenfaust, einen der tüchtigsten und würdigsten der deutschen Ritterschaft, der eben vom Kriegsdienst zurückkehrte. Die Burg seines Vaters lag unweit der alten Feste derer von Landshort, doch standen sich beide Familien seit einer alten Fehde feindlich gegenüber und kannten sich nicht einmal.

Bei ihrem herzlichen Wiedersehen erzählten sich die Freunde alle erlebten Abenteuer und Vorkommnisse, und der Graf berichtete von seiner bevorstehenden Vermählung mit einer jungen Dame, die er nie gesehen, deren Reize man ihm aber in den entzückendsten Farben ausgemalt habe.

Da die beiden Freunde denselben Weg hatten, beschlossen sie, zusammen weiterzureisen, und um nicht eilen zu müssen, brachen sie zu früher Stunde von Würzburg auf, nachdem der Graf Anweisung gegeben hatte, daß sein Gefolge später nachkommen solle.

Sie verkürzten sich den Weg mit Erinnerungen an Kriegsschauplätze und Abenteuer, aber der Graf erging sich immer wieder etwas weitschweifig über die ihm geschilderten Reize seiner Braut und das ihn erwartende Glück.

Auf diese Weise hatten sie die Berge des Odenwaldes erreicht und ritten durch eine der einsamsten und am dichtesten bewaldeten Gegenden. Es ist weit und breit bekannt, daß die Wälder Deutschlands schon seit eh und je von Räubern heimgesucht werden, so wie seine Burgen von Gespenstern; und zu jener Zeit gab es besonders viele Scharen ausgedienter Soldaten, die das Land unsicher machten. Es ist daher nichts Ungewöhnliches, daß die Ritter mitten im Wald von einer dieser versprengten Banden überfallen wurden. Sie setzten sich tapfer zur Wehr, waren jedoch schon nahezu völlig überwältigt, als des Grafen Gefolge zu Hilfe kam. Bei dessen Anblick flohen die Räuber, doch nicht, ohne dem Grafen vorher eine tödliche Wunde beigebracht zu haben. Er wurde langsam und vorsichtig nach Würzburg zurückgeleitet und ein Mönch aus einem nahen Konvent geholt, der wegen seiner Heilkünste an Leib und Seele berühmt war, aber all seine Geschicklichkeit nützte nichts, denn die letzten Augenblicke des unglücklichen Grafen waren gekommen.

Mit ersterbender Stimme bat er seinen Freund, unverzüglich zur Burg von Landshort zu reiten und den verhängnisvollen Grund zu erklären, warum er die Verabredung mit seiner Braut nicht eingehalten habe. Er war zwar nicht der feurigste Liebhaber, aber ein Mann, der wußte, was sich gehörte, und er schien eifrig darauf bedacht zu sein, daß seine

Botschaft rasch in geziemender Form überbracht wurde. »Bevor das nicht geschehen ist«, sagte er, »finde ich keine Ruhe in meinem Grab!« Diese letzten Worte wiederholte er mit besonderer Feierlichkeit. Eine in einem so ergreifenden Augenblick vorgebrachte Bitte duldete keinen Aufschub. Starkenfaust suchte ihn zu beruhigen und versprach, seinen Wunsch getreulich auszuführen, was er ihm feierlich in die Hand gelobte. Der Sterbende drückte sie dankbar zum Zeichen des Einverständnisses, begann aber schon bald wieder im Delirium zu fiebern, redete wirres Zeug von seiner Braut, seinen Verpflichtungen, seinem Treueschwur; dann befahl er, sein Pferd zu bringen, und starb in der Einbildung, daß er sich in den Sattel schwinge.

Starkenfaust stieß einen Seufzer aus und vergoß ein paar Soldatentränen über den frühzeitigen Tod seines Kameraden. Dann dachte er über den unangenehmen Auftrag nach, den er übernommen hatte. Das Herz war ihm schwer, und ihm war ganz wirr im Kopf, sollte er sich doch als ungebetener Gast zu ihm feindlich gesinnten Menschen begeben und deren Fröhlichkeit mit einer ihren Hoffnungen so abträglichen Botschaft trüben. Anderseits war er auch ein wenig neugierig auf diese weitberühmte Schönheit von Katzenellenbogen, die man so streng vor der Welt verborgen hielt; denn er war ein leidenschaftlicher Bewunderer des schönen Geschlechts und hatte einen Anflug von Schwärmerei und Unternehmungsgeist in seinem Charakter, der ihn an ungewöhnlichen Abenteuern Gefallen finden ließ.

Bevor er aufbrach, besprach er mit den heiligen Brüdern des Konvents alle notwendigen Maßnahmen für die Bestattungsfeierlichkeiten; sein Freund sollte in der Kathedrale zu Würzburg beigesetzt werden, neben einigen seiner erlauchten Verwandten, und das trauernde Gefolge des Grafen kümmerte sich um seine irdischen Überreste.

Es ist nun höchste Zeit, daß wir uns wieder der alten Familie von Katzenellenbogen, die schon ungeduldig auf ihren Gast und noch ungeduldiger auf den Festtagsschmaus wartete, sowie dem würdigen kleinen Baron zuwenden, den wir verließen, als er auf dem Wachtturm frische Luft schöpfte.

Die Nacht brach herein, aber noch immer erschien kein Gast. Der Baron stieg voller Verzweiflung vom Turm herab. Das Festmahl, das von Stunde zu Stunde verschoben worden war, konnte nun nicht mehr länger hinausgezögert werden. Die Speisen waren schon übergar, der Koch in Verzweiflung, und die ganze Gesellschaft sah wie eine halb verhungerte Garnison aus. So war der Baron genötigt, Anordnungen für den Beginn des Festes ohne Anwesenheit des Gastes zu geben. Alle nahmen Platz und wollten gerade mit dem Mahl beginnen, da verkündete Hörnerklang vor dem Tor die Ankunft eines Fremden. Ein langgezogener zweiter Hornstoß erfüllte die alten Burghöfe mit seinem Widerhall und wurde vom Turmwächter beantwortet. Nun eilte der Baron, um seinen zukünftigen Schwiegersohn zu empfangen.

Die Zugbrücke war heruntergelassen worden, und der Fremde stand vor dem Tor. Es war ein stattlicher großer Ritter auf einem Rappen. Sein Gesicht war bleich, aber er hatte glänzende, schwärmerische Augen und eine edle, schwermütige Miene. Der Baron war ein wenig verärgert, daß er allein gekommen war. Für einen Augenblick fühlte er sich in seiner Ehre gekränkt und geneigt, es für Mangel an gebührender Ehrerbietung bei einem so bedeutsamen Anlaß und gegen eine so vornehme Familie zu halten, mit der er nun verbunden werden sollte. Er beruhigte sich jedoch mit dem Gedanken, daß ihn nur jugendliche Ungeduld dazu verleitet haben konnte, früher als sein Gefolge einzutreffen.

»Es tut mir leid«, sagte der Fremde, »wenn ich ungelegen komme ...«

An dieser Stelle unterbrach ihn der Baron mit einer Flut von Komplimenten und Begrüßungen; denn, um die Wahrheit zu sagen, er bildete sich auf seine Höflichkeit und Beredsamkeit etwas ein. Der Fremde versuchte ein- oder zweimal, dem Redestrom Einhalt zu gebieten, aber vergeblich, und so neigte er den Kopf und ließ alles über sich ergehen. Als der Baron endlich verstummte, hatten sie den Innenhof der Burg erreicht; der Fremde setzte gerade wieder zum Sprechen an, als er erneut unterbrochen wurde, diesmal durch das Erscheinen der weiblichen Familienmitglieder, von denen die scheu errötende Braut ihm zugeführt wurde. Er blickte sie eine Weile wie verzaubert an, und es schien, als läge seine ganze Seele in diesem Blick und bliebe auf der schönen Gestalt haften. Eine der ledigen Tanten flüsterte ihr etwas ins Ohr; sie versuchte zu sprechen; dann schlug sie langsam ihre feuchten blauen Augen auf, warf dem Fremden einen scheuen, fragenden Blick zu und schlug die Augen dann wieder nieder. Ihre Worte erstarben, aber ein liebliches Lächeln umspielte ihre Lippen, und ein zartes Grübchen auf ihrer Wange zeigte, daß ihr Blick nicht unerfreulich gewesen war. Es war wohl auch kaum denkbar, daß ein Mädchen im zarten Alter von achtzehn Jahren, wie keine andere für Liebe und Ehe bestimmt, von einem so stattlichen Ritter nicht eingenommen sein würde.

Die späte Stunde, zu welcher der Gast angelangt war, ließ

keine Zeit für ein Gespräch. Der Baron verschob jegliche Unterhaltung resolut auf den nächsten Morgen und geleitete den Gast zu dem noch unberührten Mahl.

Es war im großen Burgsaal angerichtet. An den Wänden hingen die Bildnisse der grimmigen Helden des Hauses von Katzenellenbogen und die Trophäen, die sie auf dem Schlachtfeld und bei der Jagd erworben hatten. Eingeschlagene Brustschilde, zerbrochene Turnierlanzen und zerfetzte Banner hingen unter der Jagdbeute. Wolfsrachen und Keilerhauer grinsten schrecklich zwischen Armbrüsten und Kriegsbeilen, und ein riesiges Hirschgeweih breitete direkt über dem Kopf des jungen Bräutigams seine Sprossen aus.

Der Ritter kümmerte sich nur wenig um die Gesellschaft und um die Gespräche. Er kostete kaum die Speisen, sondern schien ganz in Bewunderung seiner Braut versunken. Er unterhielt sich leise mit ihr, so daß man nichts verstehen konnte – denn die Sprache der Liebe ist nie laut; aber welches Frauenohr hört wohl so schwer, daß es nicht das leiseste Flüstern eines Liebhabers verstände? In seinem Benehmen mischten sich Zärtlichkeit und Ernst, was auf die junge Dame eine große Wirkung auszuüben schien. Sie wechselte immer wieder die Farbe, während sie ihm mit gespannter Aufmerksamkeit zuhörte. Hin und wieder gab sie errötend Antwort, und sobald er den Blick abwandte, warf sie einen verstohlenen Seitenblick auf sein schwärmerisches Antlitz, und ein zärtlicher Glücksseufzer entrang sich ihrer Brust. Es war offensichtlich, daß das junge Paar bis über die Ohren verliebt war, und die Tanten, die in Herzensgeheimnissen gründliche Erfahrung besaßen, stellten fest, daß es Liebe auf den ersten Blick sei.

Das Fest ging lustig oder zumindest lärmend weiter, denn

die Gäste waren alle mit jenem tüchtigen Appetit gesegnet, den leere Geldbeutel und frische Gebirgsluft hervorbringen. Der Baron gab seine schönsten und längsten Geschichten zum besten, und er hatte sie noch nie so gut oder mit so großer Wirkung erzählt. Handelte es sich um etwas Wunderbares, so staunten seine Zuhörer ohne Ende, und brachte er etwas Spaßiges vor, lachten sie unweigerlich an der richtigen Stelle. Zwar konnte der Baron, wie die meisten großen Männer, nur alberne Scherze machen, doch sie wurden immer durch einen Humpen ausgezeichneten Hochheimers bekräftigt, und man muß sogar über einen dummen Witz lachen, wenn er an der eigenen Tafel mit spritzigem altem Wein zusammen serviert wird. Manch Treffendes wurde von Ärmeren und Schlaueren gesagt, was sich nur bei ähnlichen Gelegenheiten wiederholen ließe; manch gewagtes Wort wurde den Damen ins Ohr geflüstert, so daß sie vor unterdrücktem Lachen beinahe zu ersticken drohten, und ein armer, aber lustiger und gutmütiger Vetter des Barons grölte ein paar Lieder, bei denen die jüngferlichen Tanten hinter ihren Fächern Schutz suchen mußten.

Mitten in all dieser Fröhlichkeit wahrte der Fremde einen eigenartigen und völlig unverständlichen Ernst. Seine Miene wurde immer niedergeschlagener, je weiter der Abend voranschritt; und seltsamerweise schienen ihn auch die Scherze des Barons nur noch trauriger zu stimmen. Manchmal war er in Gedanken versunken, und dann wieder irrten seine Augen verwirrt und unstet hin und her und verrieten sein Unbehagen. Seine Unterhaltung mit der Braut wurde immer ernster und geheimnisvoller. Schatten überzogen ihr schönes, heiteres Gesicht, und ein Zittern bebte durch ihre zarte Gestalt.

Das alles konnte der Aufmerksamkeit der Gesellschaft nicht entgehen, und die Fröhlichkeit wurde durch die unerklärliche Schwermut des Bräutigams gedämpft. Man ließ sich anstecken, flüsterte und wechselte Blicke, begleitet von Achselzucken und zweifelndem Kopfschütteln. Lieder und Lachen verstummten allmählich, die Unterhaltung stockte, bis schließlich wilde Geschichten und Geistererzählungen folgten. Eine Schreckensgeschichte wurde von einer noch schrecklicheren abgelöst, und ein paar Damen erlitten beinahe hysterische Anfälle, nachdem sie der Baron mit der Sage vom gespenstischen Reiter erschreckt hatte, der die schöne Leonore entführte; eine entsetzliche Geschichte, die seitdem in klangschöne Verse gekleidet, viel gelesen und von aller Welt geglaubt wird.

Der Bräutigam lauschte dieser Erzählung mit größter Aufmerksamkeit. Er wandte seine Augen nicht vom Baron ab, und als sich die Geschichte dem Ende näherte, erhob er sich langsam von seinem Sessel, reckte und streckte sich, bis er in den Augen des verzückten Barons beinahe zu einem Riesen wurde. Sobald die Erzählung beendet war, stieß er einen tiefen Seufzer aus und verabschiedete sich feierlich von der Gesellschaft. Alle waren höchst erstaunt, und der Baron war wie vom Donner gerührt.

»Was denn! Um Mitternacht die Burg verlassen? Warum das? Wo doch alles für den Gast vorbereitet ist! Ein schönes Zimmer, falls er sich zurückzuziehen wünsche!«

Der Fremde schüttelte traurig und geheimnisvoll den Kopf. »Ich muß mich heute in einem anderen Gemach zur Ruhe begeben!«

Etwas in dieser Antwort und in dem Ton, in dem sie gegeben wurde, ließen den Baron Schlimmes befürchten. Aber er nahm sich ein Herz und wiederholte seine freundliche Aufforderung.

Der Fremde schüttelte schweigend, aber bestimmt bei jedem Anerbieten den Kopf, winkte der Gesellschaft zum Abschied zu und verließ mit gemessenen Schritten den Saal. Die alten Tanten waren völlig versteinert, die Braut ließ den Kopf hängen, und Tränen stahlen sich in ihre Augen.

Der Baron folgte dem Fremden auf den großen Burghof, wo das schwarze Schlachtroß schon den Boden stampfte und vor Ungeduld schnaubte. Als sie das Tor erreichten, dessen hoher Bogengang von einer Fackel erleuchtet wurde, hielt der Ritter an und sprach zu dem Baron mit einer hohlen Stimme, die in dem Gewölbe noch schauerlicher klang.

»Jetzt, da wir allein sind«, sagte er, »will ich Euch den Grund nennen, warum ich Euch verlasse. Ich habe eine feierliche, unaufschiebbare Verpflichtung ...«

»Aber«, fiel ihm der Baron ins Wort, »könnt Ihr nicht einen anderen an Eurer Statt senden?«

»Das ist unmöglich – ich muß persönlich zugegen sein – ich muß in die Kathedrale zu Würzburg ...«

»Oh«, sagte der Baron und faßte wieder Mut, »aber nicht vor Tagesanbruch. Morgen früh werdet Ihr dann Eure Braut mit Euch nehmen.«

»Nein, nein!« rief der Fremde noch feierlicher. »Ich bin nicht mit einer Braut verabredet, sondern mit den Würmern! Die Würmer erwarten mich! Ich bin ein Toter – ich bin von Räubern erschlagen worden – mein Körper liegt zu Würzburg – um Mitternacht muß ich wieder in meinem Grab sein – das Grab wartet auf mich – ich muß mein Wort halten!«

Er schwang sich auf den Rappen, galoppierte über die

Zugbrücke, und das Klappern der Pferdehufe ging schon bald im nächtlichen Sturmgeheul unter.

Der Baron kehrte in größter Bestürzung in den Saal zurück und berichtete, was sich zugetragen hatte. Zwei Damen fielen auf der Stelle in Ohnmacht, anderen wurde übel bei dem Gedanken, mit einem Gespenst am selben Tisch gespeist zu haben. Einige meinten, es sei der in den deutschen Sagen berühmte wilde Jäger gewesen. Andere wieder sprachen von Berggeistern, Walddämonen und anderen übernatürlichen Wesen, von denen die guten Deutschen schon seit undenklichen Zeiten schrecklich heimgesucht werden. Einer der armen Verwandten wagte anzudeuten, daß der junge Edelmann vielleicht nur eine faule Ausrede für seinen Abschied gebraucht hätte und ein so schwermütiger launischer Einfall mit seiner melancholischen Natur übereinstimme. Doch mit dieser Vermutung zog er die Entrüstung der ganzen Gesellschaft auf sich, besonders die des Barons, der ihn daraufhin beinahe für einen Ungläubigen hielt, so daß er froh war, seiner Ketzerei so schnell wie möglich wieder abschwören zu können und ein Rechtgläubiger zu werden.

Aber welche Zweifel man auch immer hegte, sie wurden schon am folgenden Tag zerstreut durch die Ankunft eines ordentlichen Sendschreibens, das die Nachricht vom Tode des jungen Grafen und seiner Bestattung in der Würzburger Kathedrale bestätigte.

Die Bestürzung in der Burg kann man sich leicht vorstellen. Der Baron schloß sich in seinem Zimmer ein. Die Gäste, die gekommen waren, mit ihm zu feiern, brachten es nicht über sich, ihn im Unglück allein zu lassen. Sie gingen im Hof auf und ab, versammelten sich scharenweise im

Saal, schüttelten die Köpfe und zuckten die Achseln über das Unglück dieses guten Mannes; sie saßen länger als je zuvor bei Tisch und aßen und tranken tüchtiger denn je, um ihre Lebensgeister wachzuhalten. Am beklagenswertesten aber war die Lage der verwitweten Braut. Einen Gatten verloren zu haben, noch bevor sie ihn einmal umarmt hatte – und was für einen Gatten! Wenn schon das Gespenst so schön und vornehm war, wie mußte dann erst der Lebende gewesen sein! Im ganzen Haus erschollen ihre Klagen.

In der zweiten Nacht ihrer Witwenschaft hatte sie sich in ihre Kemenate zurückgezogen, begleitet von einer ihrer Tanten, die darauf bestand, bei ihr zu schlafen. Die Tante, eine der besten Erzählerinnen von Spukgeschichten in ganz Deutschland, hatte eben eine ihrer längsten Geschichten erzählt und war mitten darin eingeschlafen. Das Zimmer lag etwas abseits und ging auf einen kleinen Garten hinaus. Die Nichte ruhte schon und blickte nachdenklich auf die Strahlen des aufgehenden Mondes, die auf den Blättern einer Espe vor dem Fenster zitterten. Die Burguhr hatte gerade Mitternacht geschlagen, da klangen leise Musikklänge aus dem Garten herauf. Sie sprang hastig aus dem Bett und ging leise zum Fenster. Eine hohe Gestalt stand im Schatten der Bäume. Als sie den Kopf hob, fiel ein Mondstrahl auf ihr Antlitz. Himmel! Sie erblickte den Geisterbräutigam! In diesem Augenblick vernahm sie einen lauten Schrei, und ihre Tante, die, durch die Musik erwacht, ihr schweigend ans Fenster gefolgt war, fiel ihr in die Arme. Als sie wieder hinausblickte, war das Gespenst verschwunden.

Von den beiden Frauen bedurfte die Tante nun am meisten der Beruhigung, denn sie war vor Schreck völlig außer sich. Was die junge Schönheit betraf, so fand diese sogar noch am Gespenst ihres Liebhabers Gefallen. Es hatte noch immer einen Schein männlicher Schönheit an sich, und wenn auch der Schatten eines Mannes nicht sehr geeignet ist, die Zuneigung eines liebeskranken Mädchens zu befriedigen, so spendet er doch noch genügend Trost, wenn nichts Handgreiflicheres zu bekommen ist. Die Tante erklärte, sie wolle nie wieder in jenem Raum schlafen; die Nichte hingegen war zum ersten Mal widerspenstig und erklärte ebenso fest, sie werde in keinem anderen Raum der Burg die Nacht verbringen. So mußte sie denn allein in ihrer Kemenate schlafen; aber sie rang ihrer Tante das Versprechen ab, niemandem von dem Gespenst zu erzählen, damit man sie nicht des einzigen traurigen Vergnügens beraube, das sie auf Erden noch habe – nämlich, das Zimmer zu bewohnen, vor dem der schützende Schatten ihres Liebhabers seine nächtliche Wache hielt.

Wie lange die gute alte Dame ihr Versprechen gehalten haben würde, ist ungewiß, denn sie ließ sich nur zu gern über Wunder aus, und es ist eine Genugtuung, wenn man als erster eine aufregende Geschichte erzählen kann. Man führt es jedoch heute noch in der Gegend als ein bemerkenswertes Beispiel weiblicher Verschwiegenheit an, daß sie alles eine ganze Woche für sich behielt, bis sie dann plötzlich jeder weiterer Zurückhaltung enthoben wurde durch die eines Morgens am Frühstückstisch verkündete Nachricht, daß die junge Dame verschwunden sei. Ihre Kemenate sei leer, das Bett unberührt, das Fenster offen und der Vogel ausgeflogen!

Das Erstaunen und die Bestürzung, womit diese Nachricht aufgenommen wurde, kann sich nur der vorstellen, der einmal jene Aufregung miterlebt hat, die das Unglück eines großen Mannes unter seinen Freunden verursacht. Selbst die armen Verwandten legten bei ihrer emsigen Arbeit für einen Augenblick das Tranchiermesser beiseite, während die Tante, die zuerst kein einziges Wort hervorbrachte, die Hände rang und verzweifelt ausrief: »Das Gespenst! Das Gespenst! Sie ist vom Gespenst geholt worden!«

Mit wenigen Worten erzählte sie die schreckliche Szene im Garten und schloß daraus, daß das Gespenst seine Braut entführt haben mußte. Zwei Diener bekräftigten diese Meinung, hatten sie doch um Mitternacht das Aufschlagen von Pferdehufen bergabwärts vernommen, und sie zweifelten nicht, daß es das Gespenst auf seinem schwarzen Roß gewesen, das die Braut zum Grabe fortgeschleppt habe. Alle Anwesenden waren von dieser schrecklichen Möglichkeit beunruhigt, denn derartige Vorfälle sind in Deutschland beinahe alltäglich, was viele glaubwürdige Erzählungen bezeugen.

Welch beklagenswerte Lage für den armen Baron! Welch herzzerreißendes Geschick eines zärtlichen Vaters und Mitglieds des großen Geschlechts derer zu Katzenellenbogen! Seine einzige Tochter war entweder ins Grab gezerrt worden, oder ihm war ein Waldgeist als Schwiegersohn und vielleicht eine Schar von Kobolden als Enkel zugedacht! Wie gewöhnlich war er völlig außer sich und die ganze Burg in Aufruhr. Den Männern wurde befohlen, unverzüglich die Pferde zu satteln und jede Straße, jeden Pfad und jede Schlucht des Odenwaldes durchzukämmen. Der Baron selbst hatte eben seine Wasserstiefel angezogen, sein Schwert umgegürtet und war im Begriff, sein Roß zu besteigen und sich auf die zweifelhafte Suche zu begeben, als ihn die Ankunft neuer Gäste innehalten ließ. Eine Dame auf einem Zelter näherte sich der Burg, begleitet von einem Kavalier hoch zu Roß. Sie sprengte zum Tor heran, sprang vom Pferde, fiel dem Baron zu Füßen und umfaßte seine Knie. Es war seine verloren geglaubte Tochter mit ihrem Begleiter – dem Geisterbräutigam! Der Baron war starr vor Staunen. Er blickte auf seine Tochter, dann auf das Gespenst und traute seinen Augen nicht. Auch hatte sich das Äußere des Bräutigams seit seinem Besuch in der Geisterwelt sehr vorteilhaft verändert. Sein Gewand war prächtig und umschloß eine vornehme Gestalt von ebenmäßigem, männlichem Wuchs. Auch war er nicht mehr bleich und melancholisch. Sein edles Antlitz strahlte jugendliche Frische aus, und Freude glänzte in seinen großen schwarzen Augen.

Das Geheimnis war bald aufgeklärt. Der Ritter (denn in Wahrheit handelte es sich um kein Gespenst, wie mein Leser sicher schon lange bemerkt haben wird) stellte sich als Herr Hermann von Starkenfaust vor. Er berichtete von seinem Abenteuer mit dem jungen Grafen und erzählte, wie er nach der Burg geeilt sei, um die unwillkommene Botschaft zu überbringen, ihn aber der Baron bei jedem Versuch, von der Begebenheit zu berichten, voll Beredsamkeit unterbrochen habe. Wie ihn der Anblick der Braut so völlig in Bann geschlagen hätte, daß er, um ein paar Stunden in ihrer Nähe zu verbringen, den Irrtum stillschweigend geduldet habe. Wie er dann in Verlegenheit gewesen sei, auf welche Weise er sich mit Anstand zurückziehen könne, bis die Spukgeschichten des Barons ihm diesen ungewöhnlichen Abgang nahegelegt hätten. Wie er aus Furcht vor der Feindschaft der Familie seine Besuche verstohlen wiederholt und sich öfters im Garten unter dem Fenster der jungen Dame gezeigt habe, um sie geworben, sie gewonnen und sie dann triumphierend entführt – und schließlich die Schöne geehelicht hätte.

Unter anderen Umständen hätte der Baron keine Nachsicht walten lassen, denn er hielt an seiner väterlichen Autorität fest und war unerbittlich hartnäckig, was Familienfehden anging. Doch er liebte seine Tochter, hatte sie schon als verloren beklagt und freute sich nun, daß sie noch am Leben war; und gehörte ihr Gatte gleich einem feindlichen Geschlecht an, so war er doch, Gott sei Dank, kein Gespenst! Zugegeben, etwas an dem mutwilligen Streich, den der Ritter ihm gespielt hatte, als er sich für einen Toten ausgab, entsprach nicht ganz seinen Vorstellungen von strenger Wahrheitsliebe, aber einige seiner alten Freunde, die zugegen waren und im Krieg gedient hatten, versicherten ihm, daß in der Liebe jede Strategie erlaubt sei und man dem Ritter in dieser Hinsicht ein besonderes Vorrecht zugestehen müsse, da er bis vor kurzem noch als Kavallerist gedient habe.

So wurde alles glücklich in Ordnung gebracht. Der Baron verzieh dem jungen Paar auf der Stelle. Das Fest in der Burg ging weiter. Die armen Verwandten überschütteten das neue Familienmitglied mit Liebe und Anteilnahme, denn der Ritter war ja so vornehm, so großmütig und – so reich. Die Tanten waren zwar etwas aufgebracht, daß ihre Methode strenger Abgeschiedenheit und geduldigen Gehorsams sich als ein so schlechtes Beispiel erwiesen hatte, schrieben jedoch alles ihrer eigenen Unachtsamkeit zu, indem sie die Fenster nicht hatten vergittern lassen. Die eine ärgerte sich vor allem darüber, daß sich ihre Geschichte vom Gespenst

nicht mehr aufrechterhalten ließ und daß das einzige Gespenst, das sie je gesehen hatte, sich als eine Nachahmung
erwies; aber die Nichte schien überglücklich zu sein, daß
es aus Fleisch und Blut war – und damit endet die Geschichte.

Die Sage vom arabischen Sterndeuter

In alten Zeiten, vor vielen hundert Jahren, gab es einen Maurenkönig namens Aben Habuz, der über das Königreich Granada herrschte. Er war ein abgedankter Eroberer, das heißt ein Mann, der in seinen jungen Jahren ein von Raubzügen und Plünderungen erfülltes Leben geführt hatte und nun, da er schwach und gebrechlich geworden war, nur das Bedürfnis nach Ruhe empfand und nichts sehnlicher wünschte, als mit aller Welt in Frieden zu leben, sich auf seinen Lorbeeren auszuruhen und in stiller Zurückgezogenheit sich der Besitzungen zu erfreuen, die er seinen Nachbarn einst mit Gewalt entrissen hatte.

Es ergab sich jedoch, daß dieser so vernünftige und friedliebende alte Herrscher es mit jungen Widersachern zu tun bekam: Prinzen, die von seiner früheren Leidenschaft für Ruhm und Kampf erfaßt waren und dazu neigten, ihn wegen der an ihren Vätern begangenen Verbrechen zur Rechenschaft zu ziehen. Auch trachteten nun, da er Ruhe ersehnte, bestimmte weit abgelegene und von ihm in den Tagen seiner Macht sehr anmaßend behandelte Gebiete seiner eigenen Territorien danach, sich aufständisch zu erheben, und drohten, ihn in seiner Hauptstadt zu belagern. So war er auf allen Seiten von Feinden eingeschlossen; und da Granada von wilden und zerklüfteten Bergen umgeben ist, die das Heranrücken eines Feindes verbergen, befand sich der unglückliche Aben Habuz in einem Zustand ständiger Wachsamkeit und Alarmbereitschaft, da er nie wußte, in welchem Gebiet Feindseligkeiten ausbrechen konnten.

Vergeblich baute er Wachttürme in den Bergen und stationierte auf jedem Paß Truppen mit dem Befehl, beim Nahen eines Feindes zur Nacht ein Feuer zu entfachen und bei Tag Rauchzeichen zu geben. Seine wachsamen Feinde, die jede Vorsichtsmaßnahme vereitelten, pflegten aus einem unerwarteten Hinterhalt hervorzubrechen, ihm vor seinen Augen das Land zu verwüsten und sich dann mit Gefangenen und Beute in die Berge zurückzuziehen. War je ein friedlicher und abgedankter Eroberer in einer unbehaglicheren Lage gewesen?

Während Aben Habuz unter diesen Schwierigkeiten und Belästigungen zu leiden hatte, kam ein alter arabischer Arzt an seinen Hof. Sein grauer Bart reichte bis zum Gürtel herab, und alles an ihm ließ auf ein sehr hohes Alter schließen, doch hatte er beinahe den ganzen Weg von Ägypten zu Fuß zurückgelegt, wobei ihn nur ein mit Hieroglyphen bedeckter Stab unterstützt hatte. Sein Ruf war ihm vorausgeeilt. Er hieß Ibrahim Ebn Abu Agib und sollte schon seit Mohammeds Zeit leben und der Sohn von Abu Agib, dem letzten Gefährten des Propheten, sein. Er war noch als Kind dem siegreichen Heer Amrus nach Ägypten gefolgt, wo er viele Jahre geblieben und bei den ägyptischen Priestern die Geheimwissenschaften, insbesondere die Zauberkunst, studiert hatte.

Es hieß auch, daß er das Geheimmittel gefunden habe, das Leben zu verlängern, wodurch er das hohe Alter von mehr als zweihundert Jahren erreicht habe, obgleich er, da er das Geheimmittel erst in vorgerücktem Alter entdeckt hatte, nur seine grauen Haare und Falten weiterbehalten konnte.

Dieser ungewöhnliche alte Mann wurde von dem König in Ehren gehalten; wie bei vielen alten Herrschern standen auch bei ihm Ärzte in hoher Gunst. Er wollte ihm ein Zimmer in seinem Palast anweisen, doch der Sterndeuter zog eine Höhle an der Seite des Hügels vor, der sich über Granada erhebt und auf dem später die Alhambra gebaut wurde. Er ließ die Höhle zu einem geräumigen und luftigen Saal erweitern, der an der Decke mit einer runden Öffnung versehen wurde, durch die er, wie aus einem Brunnenschacht, sogar tagsüber den Himmel und die Sterne betrachten konnte. Die Wände dieses Saals waren mit ägyptischen Hieroglyphen, geheimen Symbolen und den Sternbildern des Tierkreises bedeckt. Er versah den Saal mit vielen Geräten, die nach seiner Weisung von geschickten Handwerkern aus Granada angefertigt wurden und deren geheime Eigenschaften aber nur ihm allein bekannt waren.

Schon bald wurde der weise Ibrahim der erste Berater des Königs, der ihn in jeder Notlage um Rat befragte. Aben Habuz schalt einmal auf die Ungerechtigkeit seiner Nachbarn und bedauerte es, daß er unaufhörlich auf der Hut sein mußte, um sich gegen ihre Überfälle zu schützen. Als er seine Rede beendet hatte, schwieg der Sterndeuter eine Weile, dann antwortete er: »Wisset, o König, daß ich in Ägypten Zeuge eines großen Wunders war, das von einer alten heidnischen Priesterin bewirkt wurde. Auf einem Berg über der Stadt Borsa, weithin sichtbar im ganzen Niltal, stand die Statue eines Widders und darüber die eines Hahnes, die beide aus gegossenem Erz waren und sich um einen Zapfen drehten. Sobald dem Lande ein Einfall drohte, drehte sich der Widder in der Richtung des Feindes, und der Hahn krähte. Daraufhin wußten die Bewohner der Stadt um die Gefahr und die Richtung, aus der sie drohte, und konnten rechtzeitig Maßnahmen treffen, um sie abzuwehren.«

»Gott ist groß!« rief der friedliebende Aben Habuz. »Welch ein Schatz wäre ein solcher Widder, der diese Berge ringsum im Auge behielte, und ein solcher Hahn, der in Zeiten der Gefahr krähen würde! Allah akbar! Wie ruhig könnte ich wieder in meinem Palast schlafen, wenn ich solche Wächter auf der Bergspitze hätte!«

Der Astrologe wartete, bis sich die freudige Erregung des Königs gelegt hatte. Dann fuhr er fort:

»Nachdem der siegreiche Amru (er möge in Frieden ruhen!) ganz Ägypten erobert hatte, blieb ich bei den Priestern des Landes, studierte die Riten und Zeremonien ihres Götzenglaubens und suchte mir das verborgene Wissen anzueignen, für das sie so berühmt sind. Eines Tages saß ich am Ufer des Nils und unterhielt mich mit einem alten Priester, als dieser auf die mächtigen Pyramiden zeigte, die sich wie Berge aus der umliegenden Wüste erhoben. ›Alles, was wir dich lehren können‹, sagte er, ›ist nichts gegen das Wissen, das in diesen mächtigen Bauwerken verborgen liegt. Genau in der Mitte der mittleren Pyramide ist eine Grabkammer, in der die Mumie des Hohenpriesters eingeschlossen ist, der dieses mächtige Bauwerk errichten half, und ihr hat man ein wundervolles Buch der Weisheit beigelegt, das alle Geheimnisse der Magie und Zauberkunst enthält. Dieses Buch wurde Adam nach dem Sündenfall gegeben, und es ist von Generation zu Generation bis auf den weisen König Salomon weitergereicht worden, und mit seiner Hilfe baute er den Tempel von Jerusalem. Wie es in den Besitz des Erbauers der Pyramiden gelangte, ist nur Ihm allein bekannt, der alles weiß.‹

Als ich diese Worte des ägyptischen Priesters hörte, brannte ich darauf, dieses Buch zu besitzen. Ich konnte über die Dienste vieler Soldaten unserer siegreichen Armee sowie über eine Anzahl Einheimischer gebieten. Mit diesen ging ich ans Werk und drang durch die Steinmassen der Pyramide, bis ich nach großer Mühe auf einen ihrer inneren und verborgenen Gänge stieß. Ich folgte ihm durch ein furchterregendes Labyrinth bis zum innersten Teil der Pyramide, gerade in die Grabkammer, wo die Mumie des Hohenpriesters schon seit Jahrhunderten lag. Ich öffnete die äußeren Hüllen der Mumie, wickelte ihre vielen Binden und Bänder auf und fand schließlich das kostbare Buch auf ihrer Brust. Ich ergriff es mit zitternder Hand und tastete mich wieder aus der Pyramide hinaus, während die Mumie in ihrem dunklen und schweigenden Grab zurückblieb, um hier den Tag der Auferstehung und des Jüngsten Gerichts zu erwarten.«

»Sohn des Abu Agib!« rief Aben Habuz, »Ihr seid viel in der Welt herumgekommen und habt wunderbare Dinge gesehen, doch was sollte mir das Geheimnis der Pyramide und das Buch der Weisheit des weisen Salomon nützen?«

»Das ist es ja, mein König! Durch das Studium des Buches bin ich in allen Künsten der Magie erfahren und kann die Hilfe der Geister anrufen, um meine Pläne auszuführen. Das Geheimnis des Talismans von Borsa ist mir daher bekannt, und ich kann einen solchen Talisman, ja, sogar einen mit noch stärkeren Kräften anfertigen.«

»O weiser Sohn des Abu Agib«, rief Aben Habuz, »ein solcher Talisman wäre noch besser als alle Wachttürme auf den Bergen und Schildwachen an den Grenzen. Verschafft mir einen solchen Schutz, und Ihr könnt über die Reichtümer meiner Schatzkammer verfügen.«

Der Sterndeuter ging sogleich an die Arbeit, um die Wünsche des Herrschers zu erfüllen. Er ließ hoch oben auf dem königlichen Palast, der am höchsten Punkt des Albaycinhügels steht, einen großen Turm errichten. Der Turm wurde aus Steinen gebaut, die man aus Ägypten hergebracht hatte und die von einer der Pyramiden stammen sollen. Im oberen Teil des Turmes war ein runder Saal, dessen Fenster nach jeder Himmelsrichtung sahen, und vor jedem Fenster stand ein Tisch, auf dem wie auf einem Schachbrett ein Scheinheer mit Reiterei und Fußvolk aufgestellt war, dazu das Bild des Herrschers, der in jener Richtung regierte, und alle aus Holz geschnitzt. Bei jedem dieser Tische gab es eine kleine Lanze, nicht größer als eine Ahle, auf der bestimmte chaldäische Schriftzeichen eingeritzt waren. Dieser Saal blieb stets durch ein ehernes Tor mit einem großen Stahlschloß verwahrt, zu dem nur der König einen Schlüssel besaß.

Auf der Spitze des Turmes stand die auf einem Zapfen befestigte Bronzestatue eines maurischen Reiters mit einem Schild auf einem Arm und einer senkrecht erhobenen Lanze. Das Gesicht dieses Reiters war der Stadt zugewendet, als hielte er über sie Wache; aber falls ein Feind im Anzug war, würde sich die Figur nach jener Richtung drehen und die Lanze wie zur Tat senken.

Als dieser Talisman fertig war, wurde Aben Habuz schon sehr ungeduldig, weil er die Wirkung ausprobieren wollte, und er sehnte sich ebensosehr nach einem Einfall, wie er früher nach Frieden geseufzt hatte. Sein Wunsch wurde schon bald erfüllt. Eines Morgens in der Frühe meldete die Schildwache vom Turm, daß das Gesicht des bronzenen Reiters gegen die Berge von Elvira gewendet und seine Lanze direkt auf den Paß von Lope gerichtet sei.

»Laßt mit Trommeln und Trompeten zu den Waffen rufen und ganz Granada in Alarmbereitschaft versetzen«, befahl Aben Habuz.

»O König«, sagte der Sterndeuter, »beunruhigt Eure Stadt nicht umsonst und laßt Eure Krieger nicht zu den Waffen rufen. Wir brauchen kein Heer, um Euch von diesen Feinden zu befreien. Schickt Eure Diener weg und laßt uns allein in den geheimen Saal im Turm gehen!«

Der alte Aben Habuz stieg, auf den Arm des noch älteren Ibrahim Ebn Abu Agib gestützt, die Turmtreppe hinauf. Sie schlossen das eherne Tor auf und traten ein. Das Fenster, das zum Paß von Lope ging, stand offen. »In dieser Richtung«, sagte der Sterndeuter, »liegt die Gefahr. Tretet näher, mein König, und seht Euch das Geheimnis des Tisches an!«

König Aben Habuz ging zu dem scheinbaren Schachbrett, auf dem die kleinen Holzfiguren aufgestellt waren, als er zu seinem Erstaunen bemerkte, daß sie alle in Bewegung waren. Die Pferde tänzelten und galoppierten, die Krieger schwangen ihre Waffen, und er hörte leises Trommeln, Trompetenklänge, Waffengeklirr und Pferdegewieher, aber alles nicht lauter und auch nicht deutlicher als das Summen von Bienen oder Sommerfliegen im Ohr eines schläfrigen Mannes, der um die Mittagszeit im Schatten liegt.

»O König«, sagte der Sterndeuter, »seht hier einen Beweis, daß Eure Feinde jetzt im Felde stehen. Sie müssen durch jene Berge am Paß von Lope vorrücken. Wollt Ihr Panik und Verwirrung unter ihnen hervorrufen und sie ohne Menschenverluste zum Rückzug bewegen, so berührt die Figuren mit dem Knauf dieser Zauberlanze. Wollt Ihr aber ein Blutbad und Gemetzel unter ihnen anrichten, so berührt sie mit der Spitze.«

Aben Habuz erbleichte. Vor Eifer zitternd, faßte er die Lanze. Sein grauer Bart wackelte vor Erregung, als er zum Tisch wankte. »Sohn des Abu Agib«, rief er stillvergnügt, »ich denke, wir wollen ein wenig Blut fließen lassen!«

Mit diesen Worten richtete er die Zauberlanze auf einige der Zwergfiguren und bearbeitete andere mit dem dicken Ende, worauf jene tot auf das Brett fielen, die übrigen aber sich gegeneinander wandten und blindlings ein wüstes Gemetzel begannen.

Nur mit Mühe konnte der Astrologe die Hand des friedlichsten aller Herrscher zurückhalten, damit dieser seine Feinde nicht gänzlich vernichtete. Schließlich konnte er ihn zum Verlassen des Turmes und zum Aussenden von Spähern in die Berge beim Paß von Lope überreden.

Diese kehrten mit der Nachricht zurück, daß ein christliches Heer durch das Herz der Sierra bis nahe Granada vorgerückt sei, wo es dann zu Streitigkeiten zwischen den Kämpfenden gekommen sei. Sie hätten die Waffen aufeinander gerichtet und sich dann nach einem großen Blutbad über die Grenze zurückgezogen.

Aben Habuz wußte sich vor Freude kaum zu fassen, hatte er doch auf diese Weise die Kraft des Talismans erprobt. »Endlich«, sagte er, »werde ich wieder in Frieden leben können und habe alle meine Feinde in meiner Gewalt. O weiser Sohn des Abu Agib, womit kann ich Euch für eine solche Wohltat belohnen?«

»Die Bedürfnisse eines alten Mannes und Philosophen, o König, sind bescheiden und einfach. Gewährt mir nur die Mittel, meine Höhle als eine behagliche Einsiedelei einzurichten, und ich werde zufrieden sein.«

»Wie edel ist doch die Bescheidenheit des wahrhaft Weisen!« rief Aben Habuz aus und freute sich insgeheim, daß er so billig davonkam. Er befahl seinen Schatzmeister zu sich und hieß ihn alle Summen bewilligen, die Ibrahim von ihm verlangte, um seine Einsiedelei zu vervollkommnen und einzurichten.

Der Sterndeuter gab nun Anweisungen, mehrere Räume in den harten Felsen zu hauen, so daß ganze Fluchten von Gemächern entstanden, die mit seinem astrologischen Saal verbunden waren. Er ließ sie mit prächtigen Sofas und Diwanen ausstatten und die Wände mit feinstem Damast verkleiden. »Ich bin ein alter Mann«, sagte er, »und kann nicht länger auf steinernem Lager schlafen, und diese feuchten Mauern müssen verkleidet werden.«

Er ließ auch Bäder einrichten und mit Duftwässern aller Arten und aromatischen Ölen versehen. »Ein Bad«, so sagte er, »ist nämlich unbedingt notwendig, um der Steifheit des Alters vorzubeugen und dem durch Studien erschlafften Körper Frische und Geschmeidigkeit zu geben.« Er ließ in die Gemächer unzählige silberne und kristallene Lampen hängen, die er mit einem wohlriechenden Öl füllte, das er nach einem in den ägyptischen Gräbern entdeckten Rezept zubereitet hatte. Dieses Öl blieb unverändert und verbreitete einen strahlenden, milden Glanz wie sanftes Tageslicht. »Das Sonnenlicht«, sagte er, »ist zu lebhaft und zu grell für die Augen eines Greises, und der Schein einer Lampe ist für die Studien eines Philosophen besser geeignet.«

Der Schatzmeister des Königs Aben Habuz stöhnte über die Geldsummen, die täglich von ihm für die Ausstattung der Einsiedelei gefordert wurden, und er brachte seine Klagen vor den König. Doch der König hatte sein Wort gegeben. Aben Habuz zuckte die Schultern. »Wir müssen Geduld haben«, sagte er, »dieser alte Mann hat seine Vorstellung vom zurückgezogenen Leben eines Philosophen aus dem Inneren der Pyramiden und von den ungeheuren Ruinen in Ägypten gewonnen. Aber wie alles einmal ein Ende hat, wird schließlich auch diese Höhle eingerichtet sein.«

Der König hatte recht. Die Einsiedelei war endlich fertig und bildete einen herrlichen unterirdischen Palast. Der Astrologe erklärte, er sei vollkommen zufrieden, schloß sich ein und widmete sich drei Tage lang nur seinen Studien. Danach erschien er wieder vor dem Schatzmeister. »Es fehlt noch etwas«, sagte er, »nur noch eine kleine Zerstreuung für die Mußestunden zwischen der geistigen Arbeit.«

»O weiser Ibrahim, ich muß Euch alles gewähren, was Ihr für Eure Abgeschiedenheit fordert. Was begehrt Ihr noch?«

»Ich wünschte, ich hätte noch ein paar Tänzerinnen.«

»Tänzerinnen?« fragte der Schatzmeister erstaunt.

»Ja, Tänzerinnen«, wiederholte der Weise ernst. »Und sie sollen jung und schön anzusehen sein, denn der Anblick von Jugend und Schönheit belebt das Herz. Wenige genügen mir, ich bin ein Philosoph mit einfachen Angewohnheiten und leicht zufriedengestellt.«

Während der würdige Ibrahim Ebn Abu Agib seine Zeit so weise in seiner Einsiedelei verbrachte, führte der friedliebende Aben Habuz in seinem Turm wilde Schlachten mit seinen Figuren. Für einen alten Mann wie ihn mit dem Wunsch nach Ruhe war es eine schöne Sache, so leicht einen Krieg führen zu können und in der Lage zu sein, sich in seinem Saal damit zu ergötzen, daß er ganze Heere wie Fliegenschwärme vernichtete.

Eine Zeitlang schwelgte er in der Befriedigung seiner Launen und verhöhnte und beleidigte sogar seine Nachbarn, damit sie in sein Land einfielen. Aber allmählich hatten diese genug von dem anhaltenden Mißgeschick, und schließlich wagte es keiner mehr, in sein Gebiet einzudringen. Monatelang zeigte der bronzene Reiter mit hocherhobener Lanze Frieden an, und dem würdigen alten Herrscher tat es leid, daß ihm sein gewohnter Zeitvertreib fehlte, und er ärgerte sich über die einförmige Langeweile.

Schließlich drehte sich eines Tages der magische Reiter rundum, senkte seine Lanze und wies mit der Spitze gegen die Berge von Guadix. Aben Habuz eilte in seinen Turm, aber der für jene Richtung zuständige Zaubertisch blieb ruhig. Kein einziger Krieger bewegte sich. Beunruhigt über diesen Umstand, sandte er einen Trupp Reiter aus, um das Gebirge durchzukämmen und die Feinde auszukundschaften. Nach drei Tagen kehrten sie zurück.

»Wir haben jeden Bergpaß durchsucht«, berichteten sie, »aber wir haben keinen einzigen Helm oder Speer gesichtet. Das einzige, was wir dabei gefunden haben, war eine christliche Jungfrau von unübertroffener Schönheit, die um die Mittagszeit neben einer Quelle schlief und die wir als Gefangene mitgebracht haben.«

»Eine Jungfrau von unübertroffener Schönheit!« rief Aben Habuz, und seine Augen blitzten feurig. »Bringt sie zu mir!«

Die schöne Jungfrau wurde sogleich vor ihn geführt. Sie war mit aller Pracht gekleidet, wie sie bei den Goten Spaniens zur Zeit der arabischen Eroberung herrschte. Strahlend weiße Perlen waren in ihre glänzenden schwarzen Locken geflochten, Juwelen blitzten auf ihrer Stirn und wetteiferten mit dem Glanz ihrer Augen. Sie trug eine Goldkette, an der eine silberne Leier befestigt war, die an ihrer Seite hing. Die Blicke ihrer leuchtenden dunklen Augen drangen wie Feuerfunken in das alte, aber doch noch entflammbare Herz des Aben Habuz, und das verheißungsvolle Wiegen ihres Ganges ließ ihm fast die Sinne schwinden. »Schönste aller Schönen«, rief er entzückt, »wer und was bist du?«

»Ich bin die Tochter eines gotischen Fürsten, der noch vor kurzem über dieses Land herrschte. Die Heere meines Vaters sind wie durch Zauberei in den Bergen vernichtet worden. Er wurde in die Verbannung geschickt, und seine Tochter ist eine Gefangene.«

»Seid auf der Hut, mein König!« flüsterte Ibrahim Ebn Abu Agib, »vielleicht ist es eine jener Zauberinnen aus dem Norden, die eine verführerische Gestalt annehmen, wie wir hörten, um den Achtlosen zu täuschen. Mich dünkt, ich sehe Zauberkraft in ihren Augen und Hexerei in jeder ihrer Bewegungen. Ohne Zweifel ist das der Feind, den der Talisman gemeint hat.«

»Sohn des Abu Agib«, erwiderte der König, »ich muß zugeben, Ihr seid ein kluger Mann, soviel ich weiß, sogar ein Zauberer. Aber was Frauen angeht, habt Ihr wenig Erfahrung. In ihrer Kenntnis will ich hinter keinem zurückstehen, nicht einmal hinter dem weisen Salomon selbst, trotz der großen Zahl seiner Ehefrauen und Konkubinen. Was diese Jungfrau betrifft, so glaube ich nicht, daß sie etwas Böses im Schilde führt. Sie ist eine Augenweide und findet Gnade vor meinen Augen.«

»Hört, o König!« antwortete der Sterndeuter. »Ihr habt durch meinen Talisman viele Siege errungen, aber ich habe nie einen Anteil von der Beute erhalten. Gebt mir doch diese verirrte Gefangene, damit sie mich in meiner Einsamkeit mit ihrer silbernen Leier tröste. Sollte sie wirklich eine Zauberin sein, so habe ich Gegenmittel, die ihren Zauberbann brechen.«

»Was! Noch mehr Frauen?« rief Aben Habuz. »Habt Ihr nicht schon genug Tänzerinnen, die Euch ergötzen?«

»Tänzerinnen habe ich, es ist wahr, aber keine Sängerinnen. Ich hörte gern ein wenig Gesang, um meinen Geist zu beleben, wenn er von den Mühen des Studierens erschöpft ist.«

»Schluß jetzt mit Euren Einsiedlerwünschen!« sagte der König ungeduldig. »Diese Jungfrau habe ich für mich bestimmt. Ich werde viel Freude an ihr haben, gerade eine solche Freude, wie sie David, Vater des weisen Salomon, an der Gesellschaft der Sunamiterin Abigail hatte.«

Weitere Bitten und Vorstellungen des Astrologen zogen nur eine noch entschiedenere Ablehnung durch den Monarchen nach sich, und beide trennten sich sehr ungehalten voneinander. Der Weise schloß sich in seine Einsiedelei ein, um über seine Enttäuschung nachzugrübeln. Ehe er jedoch gegangen war, hatte er den König abermals gewarnt, sich vor seiner gefährlichen Gefangenen zu hüten. Aber welcher verliebte Greis hört schon auf gutgemeinte Ratschläge? Aben Habuz ließ seiner Leidenschaft freien Lauf. Seine einzige Sorge war, wie er sich in den Augen der gotischen Schönheit angenehm machen könne. Zwar empfahl ihn keine Jugend, aber dafür war er reich; und wenn ein Liebhaber alt ist, so ist er für gewöhnlich freigebig. Der Zacatin von Granada mußte die kostbarsten Waren des Morgenlandes hergeben: Seide, Juwelen, wertvolle Edelsteine, einzigartige Duftwässer, alles, was Afrika und Asien an Kostbarem und Seltenem boten, erhielt die Prinzessin überreichlich geschenkt. Alle möglichen Schauspiele und Festlichkeiten wurden zu ihrer Unterhaltung ersonnen; Gesang, Tanz, Turniere, Stiergefechte – Granada war eine Zeitlang der Schauplatz endloser Feste. Die gotische Prinzessin nahm all diese Pracht hin wie jemand, der es nicht anders gewohnt ist. Sie betrachtete alles als eine ihrem Rang oder vielmehr ihrer Schönheit gebührende Huldigung, denn die Schönheit fordert einen noch höheren Tribut als der Rang. Ja, es schien ihr eine geheime Freude zu bereiten, wenn sie den König zu Ausgaben verleitete, die sein Staatssäckel zusammenschrumpfen ließen, und dann seine verschwenderische Großmut als bloße Selbstverständlichkeit hinnahm. Aber trotz all seinem Eifer und seiner Freigebigkeit konnte sich der ehrwürdige Liebhaber nicht schmeicheln, auch nur den geringsten Eindruck auf ihr Herz gemacht zu haben. Sie war ihm nicht gram, aber sie lächelte auch nie. Sobald er von seiner Leidenschaft sprach, schlug sie ihre silberne Leier an. In dem Klang lag ein geheimnisvoller Zauber, denn der Herrscher nickte unverzüglich ein, Müdigkeit befiel ihn, und er sank allmählich in Schlaf, aus dem er wunderbar erfrischt erwachte, seine Leidenschaft aber war fortan für eine Weile vollkommen abgekühlt. Dies war seiner Werbung sehr abträglich; aber er hatte stets angenehme Träume in diesem Schlaf, welche die Sinne des trägen Liebhabers völlig fesselten, und so träumte er immer weiter, während ganz Granada über seine blinde Verliebtheit spottete und wegen der Schätze stöhnte, die für ein Lied vergeudet wurden.

Endlich brach eine Gefahr über Aben Habuz' Haupt herein, vor der ihn sein Zaubermittel nicht gewarnt hatte. In seiner Hauptstadt brach ein Aufstand aus. Sein Palast wurde von einem bewaffneten Haufen umstellt, der nach seinem Leben und dem seines christlichen Liebchens trachtete. Ein Funken der alten kriegerischen Neigung erwachte in der Brust des Herrschers. An der Spitze einer Handvoll Getreuer wagte er einen Ausfall, schlug die Rebellen in die Flucht und erstickte die Revolution im Keim.

Als die Ruhe wiederhergestellt war, suchte er den Sterndeuter auf, der sich noch immer in seiner Einsiedelei verschlossen hielt, wo der Groll an ihm nagte.

Aben Habuz näherte sich ihm mit versöhnlichem Ton. »O weiser Sohn des Abu Agib«, sagte er, »Ihr habt mir mit Recht Gefahren von dieser gefangenen Schönen vorausgesagt. Sagt mir nun auch, der Ihr so schnell Gefahr voraussehen könnt, was ich tun soll, um sie zu vermeiden.«

»Weist die ungläubige Jungfrau von Euch, die der Grund dafür ist.«

»Eher trenne ich mich von meinem Königreich!« rief Aben Habuz aus.

»Ihr setzt Euch der Gefahr aus, beide zu verlieren«, antwortete der Astrologe.

»Seid nicht aufgebracht und zornig, Klügster aller Philosophen. Bedenkt die zwiefache Not eines Herrschers und eines Liebhabers und ratet mir zu einem Mittel, das mich vor den Gefahren schützt, die mir drohen. Ich strebe nicht nach Ruhm oder Macht, sondern einzig nach Ruhe. Hätte ich doch einen stillen Zufluchtsort, wohin ich mich aus der Welt mit allen ihren Sorgen, ihrem Prunk und ihrer Unruhe zurückziehen und den Rest meiner Tage dem Frieden und der Liebe leben könnte!«

Der Sterndeuter warf ihm unter seinen buschigen Augenbrauen einen nachdenklichen Blick zu.

»Und was gebt Ihr mir, wenn ich Euch einen solchen Ort beschaffen würde?«

»Sagt mir Euern Wunsch, und was es auch sei, wenn es in meiner Macht liegt, wird es Euer sein, so wahr meine Seele lebt.«

»Ihr habt gewiß, o König, von dem Garten von Irem gehört, einem der Wunder des glücklichen Arabiens.«

»Ich habe von jenem Garten gehört. Der Koran berichtet davon im Kapitel mit der Überschrift ›Die Morgendämmerung‹. Auch habe ich von wunderbaren Dingen gehört, die mir aus Mekka kommende Pilger erzählt haben. Aber ich habe sie für Lügenmärchen gehalten, wie Reisende, die ferne Länder besucht haben, sie gerne erzählen.«

»Zweifelt nicht, o König, an den Berichten der Reisenden«, entgegnete der Astrologe ernst, »denn sie vermitteln wertvolles Wissen aus anderen Erdteilen. Was den Palast und den Garten von Irem angeht, so stimmt es, was man gewöhnlich davon erzählt. Ich habe sie mit eigenen Augen gesehen. Vernehmt denn mein Abenteuer, denn es steht mit Eurer Bitte in Zusammenhang.

In meiner Jugend, als ich ein armer Araber in der Wüste war, hütete ich die Kamele meines Vaters. Als wir durch die Wüste von Aden zogen, kam eines von der Herde ab und verirrte sich. Ich suchte mehrere Tage nach ihm, aber vergebens, bis ich mich um die Mittagszeit müde und entkräftet auf die Erde warf und unter einer Palme neben einem kleinen Brunnen einschlief. Beim Erwachen fand ich mich am Tor einer großen Stadt. Ich ging hindurch und erblickte prächtige Straßen, Plätze und Märkte, aber alles war totenstill und kein einziger Bewohner zu sehen. Ich ging weiter und kam zu einem herrlichen Palast mit einem

Garten mit Brunnen, Fischteichen, Grotten, Blumen und Obstbäumen, die köstliche Früchte trugen. Aber noch immer war niemand zu sehen. Da eilte ich fort, erschreckt durch diese Einsamkeit, und als ich aus dem Stadttor trat, wandte ich mich um, noch einen Blick auf den Ort zu werfen, allein, es war nichts mehr davon zu sehen, nur die einsame Wüste dehnte sich vor meinen Augen.

Ich traf in der Gegend einen alten Derwisch, der die Überlieferung und die Geheimnisse des Landes kannte, und berichtete ihm von meinem Erlebnis. ›Das ist der weitberühmte Garten von Irem‹, sagte er, ›eines der Wunder der Wüste. Er erscheint nur manchmal einem Wanderer, wie dir, und erfreut ihn mit dem Anblick seiner Türme, Paläste und Gartenmauern, die von reichbeladenen Obstbäumen überhangen sind, und schwindet dann wieder, während nichts als die einsame Wüste zurückbleibt. Hör seine Geschichte! Als dieses Land in alten Zeiten von den Aditen bewohnt wurde, gründete König Scheddad, der Sohn des Ad und Noahs Urenkel, hier eine prächtige große Stadt. Als er nach ihrer Vollendung sah, wie herrlich sie war, schwoll ihm das Herz vor Stolz und Hochmut, und er beschloß, einen königlichen Palast mit Gärten zu bauen, die sogar die des himmlischen Paradieses übertreffen sollten, von denen der Koran Kunde gibt. Aber wegen dieses Hochmuts verhängte der Himmel einen Fluch über ihn. Er wurde mit seinen Untertanen von der Erde vertilgt und seine prächtige Stadt, der Palast und die Gärten mit einem unlösbaren Zauberbann belegt, der sie dem menschlichen Auge verbirgt und sie nur ab und zu sichtbar macht, damit man seine Sünde stets in Erinnerung behält.‹

Diese Geschichte, o König, und die Wunder, die ich gesehen habe, gingen mir nicht aus dem Sinn, und als ich viele Jahre später in Ägypten weilte und das Buch des Wissens des weisen Salomon besaß, beschloß ich, zurückzukehren und den Garten von Irem aufzusuchen. Ich tat es, und er bot sich meinem wissenden Blick dar. Ich betrat den Palast des Scheddad und brachte mehrere Tage in diesem Scheinparadies zu. Die Geister, die diesen Ort bewachen, waren meiner Zauberkraft untertan und enthüllten mir die geheimen Mittel, durch die der ganze Garten herbeigezaubert und durch die er wieder unsichtbar gemacht wurde. Einen solchen Palast und Garten, o König, kann ich Euch auf dem Berg hier über der Stadt erbauen. Kenne ich nicht all die geheimen Zaubermittel? Und besitze ich nicht das Buch des Wissens vom weisen Salomon?«

»O weiser Sohn des Abu Agib!« rief Aben Habuz, zitternd vor Ungeduld, »Ihr seid wirklich ein Reisender und habt die wunderbarsten Dinge gesehen und gehört! Richtet mir ein solches Paradies ein und fordert dafür jede Belohnung, und wenn es gleich die Hälfte meines Königreiches wäre!«

»Ach«, entgegnete der andere, »Ihr wißt doch, daß ich als Greis und Philosoph leicht zufriedengestellt bin. Die einzige Belohnung, um die ich bitte, ist das erste Lasttier mit seiner Bürde, das durch das magische Tor des Palastes geht.«

Der Herrscher gewährte eine so bescheidene Forderung mit Freuden, und der Sterndeuter begann seine Arbeit. Auf dem Berggipfel ließ er unmittelbar über seiner unterirdischen Einsiedelei einen großen Wachtturm mit einem Torweg bauen.

Ein Portikus wurde errichtet mit hohem Eingangsbogen, der das durch starke Türen gesicherte Prachttor umgab.

Am Schlußstein des Portals hatte der Astrologe mit eigener Hand das Bildnis eines riesigen Schlüssels eingemeißelt, und auf den Schlußstein des äußeren Bogens der Säulenhalle, der höher war als der des Haupttors, gravierte er eine gigantische Hand ein. Dies waren starke Zaubermittel, über die er viele Sprüche in einer unbekannten Sprache murmelte.

Als dieser Torweg vollendet war, schloß er sich zwei Tage in seinem astrologischen Saal ein und beschäftigte sich mit geheimen Beschwörungen. Am dritten Tag bestieg er den Hügel und verbrachte den ganzen Tag auf dessen Gipfel. Zu später Nachtstunde stieg er wieder hinab und fand sich bei Aben Habuz ein. »Endlich, o König«, sagte er, »ist meine Arbeit vollendet. Auf dem Gipfel des Hügels steht einer der herrlichsten Paläste, den menschlicher Geist je ersonnen oder eines Menschen Herz je begehrt hat. Er hat prächtige Säle und Wandelgänge, üppige Gärten, kühle Fontänen und duftende Bäder; mit einem Wort: der ganze Berg ist in ein Paradies verwandelt. Wie der Garten von Irem wird er durch einen starken Zauber geschützt, der ihn dem Anblick und dem Suchen der Sterblichen verbirgt, jene ausgenommen, die sein geheimes Zaubermittel besitzen.«

»Genug!« rief Aben Habuz freudig, »gleich morgen bei Tagesanbruch werden wir hinaufsteigen und von allem Besitz ergreifen.« Der glückliche König schlief in dieser Nacht nur wenig. Kaum hatten die Sonnenstrahlen auf den weißen Gipfeln der Sierra Nevada zu spielen begonnen, als er sein Roß bestieg und in Begleitung nur weniger auserwählter Diener auf einem steilen und schmalen Pfad zum Hügel hinaufritt. Neben ihm ritt auf einem weißen Zelter die gotische

Prinzessin, deren Gewand über und über von Juwelen funkelte, während die silberne Leier um ihren Hals hing. Der Sterndeuter schritt an der anderen Seite des Königs und stützte sich auf seinen Hieroglyphenstab, denn er bestieg nie ein Pferd.

Aben Habuz hätte gern schon die Türme des Palastes über sich aus der Dämmerung auftauchen und die von Lauben gesäumten Gartenterrassen auf den Höhen gesehen, doch es war noch nichts dergleichen auszumachen. »Das ist das Geheimnis und der Schutz des Ortes«, sagte der Sterndeuter. »Nichts ist zu sehen, bis man das magische Tor durchschritten und vom Palast Besitz ergriffen hat.«

Als sie sich dem Torweg näherten, blieb der Astrologe stehen und zeigte dem König die Zauberhand und den magischen Schlüssel, die auf dem Portalbogen angebracht waren. »Das sind die Zaubermittel«, sagte er, »die den Eintritt in dieses Paradies schützen. Bevor die Hand nicht hinunterreicht und den Schlüssel ergreift, hat keine irdische Macht oder Zauberkunst Gewalt über den Herrn des Berges.«

Während Aben Habuz offenen Mundes und stumm vor Staunen diese Zaubermittel anstarrte, trabte der Zelter der Prinzessin weiter und trug sie durch das Portal zur Mitte des Wachtturmes.

»Seht«, rief der Sterndeuter, »meine zugesagte Belohnung! Das erste Tier mit seiner Bürde, das durch das magische Tor geht.«

Aben Habuz lächelte über diesen vermeintlichen Scherz des ehrwürdigen Greises; doch als er sah, daß es jenem damit ernst war, zitterte sein grauer Bart vor Entrüstung. »Sohn des Abu Agib«, sagte er streng, »was soll diese Zweideutigkeit? Ihr wißt genau, was ich Euch versprochen habe:

das erste Lasttier mit seiner Bürde, das durch dieses Tor geht. Nehmt das stärkste Maultier aus meinen Ställen, beladet es mit dem Kostbarsten, das meine Schatzkammer zu bieten hat, und es gehört Euch. Aber wagt es nicht, nach der zu trachten, welche die ganze Freude meines Herzens ist!«

»Was soll ich mit all Euren Schätzen«, rief der Sterndeuter zornig, »besitze ich nicht das Buch des Wissens von dem weisen Salomon, und habe ich nicht dadurch auch Macht über die geheimen Schätze der Erde? Die Prinzessin gehört mir zu Recht, Ihr habt Euer königliches Wort gegeben. Ich fordere sie als mein Eigentum!«

Die Prinzessin blickte stolz von ihrem Zelter herab, und ein spöttisches Lächeln umspielte ihre roten Lippen wegen des Streites der beiden Graubärte um den Besitz von Jugend und Schönheit. Der Zorn des Herrschers war stärker als seine Besonnenheit. »Elender Sohn der Wüste!« rief er, »Ihr mögt viele Künste beherrschen, aber wisset, daß ich Euer Gebieter bin, und maßt Euch nicht an, Euren Herrn zu betrügen!«

»Mein Herr! Mein König!« wiederholte der Astrologe. »Der König eines Maulwurfshügels erdreistet sich, über den zu herrschen, der den Talisman des Salomon besitzt! Lebt wohl, Aben Habuz, herrscht über Euer winziges Königreich und schwelgt im Paradies der Narren! Ich aber werde in meiner weisen Zurückgezogenheit über Euch lachen.«

Bei diesen Worten ergriff er den Zügel des Zelters, stieß mit seinem Stab auf die Erde und versank mit der gotischen Prinzessin inmitten des Torturms. Die Erde schloß sich wieder über ihnen, und keine Spur war mehr von der Öffnung, durch die sie entschwunden waren, zu sehen.

Aben Habuz war eine Weile starr vor Staunen. Als er sich wieder erholt hatte, befahl er tausend Arbeitern, mit Breithacke und Spaten den Boden aufzugraben, wo der Sterndeuter verschwunden war. Sie gruben und gruben, aber vergeblich; die ehernen Tiefen des Berges widerstanden ihren Geräten, oder waren sie doch ein kleines Stückchen eingedrungen, so füllte sich die Erde wieder so weit auf, wie sie sie ausgeschaufelt hatten. Aben Habuz suchte den Eingang zur Höhle am Fuße des Berges, durch den man zum unterirdischen Palast des Astrologen gelangte, aber er war nirgends zu finden. Wo früher ein Eingang gewesen war, gab es jetzt nur harten Urfelsen. Mit dem Verschwinden des Ibrahim Ebn Abu Agib wirkten auch seine Zaubermittel nicht mehr. Der Bronzereiter stand still, das Gesicht dem Hügel zugewandt, und seine Lanze wies nach der Stelle, wo der Sterndeuter verschwunden war, als lauere dort noch immer der Todfeind des Aben Habuz.

Von Zeit zu Zeit konnte man Musikklänge und eine weibliche Stimme leise aus den Tiefen des Berges hören, und eines Tages brachte ein Bauer dem König die Kunde, daß er in der vergangenen Nacht einen Felsspalt entdeckt habe, durch den er gekrochen sei, bis er in einen unterirdischen Saal hinabblicken konnte, in dem der Sterndeuter auf einem prächtigen Diwan schlummerte und zum Klang der Silberleier der Prinzessin einnickte, die ihm offenbar die Sinne betört hatte.

Aben Habuz suchte den Felsspalt, aber er hatte sich wieder geschlossen. Abermals unternahm er den Versuch, seinen Nebenbuhler auszugraben, doch vergeblich. Der Zauber der Hand und des Schlüssels war zu mächtig, als daß ihn menschliche Gewalt hätte lösen können. Was jedoch den Berggipfel mit dem versprochenen Palast und Garten betraf, so blieb dieser eine kahle Einöde; entweder war das gerühmte Paradies dem Blick durch einen mächtigen Zauber entzogen, oder es war eine bloße Erfindung des Astrologen gewesen. Die Welt nahm voll Nachsicht das letztere an, und einige nannten den Platz ›Des Königs Torheit‹, andere wieder gaben ihm den Namen ›Narrenparadies‹.

Um den Verdruß des Aben Habuz noch zu mehren, fielen von allen Seiten Nachbarn in sein Reich ein, die er als Besitzer des Zauberreiters herausgefordert, verspottet und nach Gutdünken gekränkt hatte und die nun bemerkten, daß er nicht mehr unter dem Schutze seines Talismans stand, und die restlichen Lebenstage des friedlichsten aller Herrscher waren eine ununterbrochene Folge von Unruhen.

Schließlich starb Aben Habuz und wurde beigesetzt. Seitdem sind viele Jahrhunderte verstrichen. Auf dem ereignisreichen Hügel wurde die Alhambra erbaut, und in gewisser Hinsicht verwirklichte sie die legendären Freuden des Gartens von Irem. Der verzauberte Torweg besteht noch, ohne Zweifel durch die magische Hand und den Schlüssel beschirmt, und bildet jetzt das Tor der Gerechtigkeit, den großen Haupteingang zur Festung. Es heißt, daß unter jenem Torweg der greise Sterndeuter noch immer in seinem unterirdischen Saal lebt und auf seinem Diwan nickt, eingelullt von den Klängen der silbernen Leier der Prinzessin.

Die alten Invaliden, die zu Pferde vor dem Tor Wache halten, hören in manchen Sommernächten diese Klänge, und unter ihrer einschläfernden Wirkung schlummern sie ruhig auf ihrem Posten. Ja, es herrscht dort eine so schläfrige Atmosphäre, daß man die Wachen sogar bei Tage auf den steinernen Bänken vor dem Tor oder unter den Bäumen in der

Nähe schlafen sieht, so daß es tatsächlich die schläfrigste Schildwache in der ganzen christlichen Welt ist. Das alles soll die Zeiten überdauern, wie es in den alten Sagen heißt. Die Prinzessin wird die Gefangene des Sterndeuters bleiben, und der Sterndeuter wird von der Prinzessin bis zum Jüngsten Tag in einen Zauberschlaf gebannt sein, wenn nicht die geheimnisvolle Hand nach dem Schlüssel greift und den Zauber dieses behexten Berges löst.

Anmerkung zum ›Arabischen Sterndeuter‹

Al Makkari zitiert in seiner ›Geschichte der mohammedanischen Dynastien in Spanien‹ den Bericht eines anderen spanischen Autors über ein Zauberbild, das dem der vorangegangenen Sage in mancher Hinsicht ähnelt.

In Cadiz, so berichtet er, stand früher ein mehr als hundert Ellen hoher viereckiger Turm, gebaut aus ungeheuren Steinblöcken und mit ehernen Zwingen zusammengehalten. Auf seiner Spitze befand sich die Figur eines Mannes, der in seiner rechten Hand einen Stab hielt, das Gesicht zum Meer gewandt hatte und mit dem Zeigefinger seiner Linken nach der Straße von Gibraltar wies. Er soll in alten Zeiten von den gotischen Königen Andalusiens als ein Seezeichen oder Wegweiser für die Schiffer errichtet worden sein. Die moslemischen Berber und Andalusier hielten ihn für ein Zauberbild, von dem die Meere beherrscht würden. Unter seiner Führung erschienen ganze Scharen von Piraten eines Landes namens Majus in großen Schiffen mit einem mächtigen Segel am Bug und einem am Heck vor der Küste. Sie kamen alle sechs oder sieben Jahre, kaperten alles, was ihnen auf See in die Hände fiel, fuhren unter dem Schutz der Statue durch die Meerenge ins Mittelmeer, landeten an der Küste Andalusiens, verwüsteten alles mit Feuer und Schwert und plünderten manchmal auch die gegenüberliegenden Küsten bis weit nach Syrien hinein.

Schließlich trug es sich zur Zeit der Bürgerkriege zu, daß ein islamischer Admiral, der Cadiz eingenommen und gehört hatte, die Statue auf der Spitze des Turmes sei aus purem Gold, diese herunterholen und zerschlagen ließ, wobei sich herausstellte, daß sie nur vergoldet war. Mit der Zerstörung des Götzenbildes wurde auch der Zauber über die See gebrochen. Seitdem ließ sich das Piratenvolk des Ozeans nicht mehr blicken, bis auf zwei Dreimaster, die vor der Küste zerschellten, einer bei Marsu-l-Majus (dem Hafen von Majus), der andere in der Nähe des Al-Aghan-Vorgebirges.

Bei den von Al Makkari erwähnten Seeräubern muß es sich um Normannen gehandelt haben.

Die Sage vom Vermächtnis des Mauren

In der Festung Alhambra ist vor dem königlichen Palast ein breiter, offener Platz, der Platz der Zisternen (La Plaza de los Algibes) genannt wird, weil darunter dem Blick verborgene Wasserbehälter liegen, die es schon seit der Zeit der Mauren gibt. In einer Ecke dieses Platzes ist ein Maurenbrunnen, bis zu großer Tiefe aus dem rohen Fels herausgehauen, dessen Wasser kalt wie Eis und klar wie Kristall ist. Die von den Mauren ausgehobenen Brunnen werden stets sehr geschätzt, denn es ist bekannt, welche Mühe sie sich gaben, um bis zu den reinsten und wohlschmeckendsten Quellen und Wasseradern vorzudringen. Der Brunnen, um den es hier geht, ist in ganz Granada berühmt, und die Wasserträger steigen mit ihren bauchigen Wasserkrügen auf den Schultern, oder ihre mit irdenen Gefäßen beladenen Esel vor sich hertreibend, vom frühen Morgen bis in die späten Nachtstunden die steilen, von Gebüsch gesäumten Pfade der Alhambra hinauf und hinab.

Quellen und Brunnen sind in heißen Ländern schon seit biblischen Tagen als Plauderplätzchen bekannt, und bei dem bewußten Brunnen treffen sich den lieben langen Tag Gebrechliche, alte Weiber und andere neugierige Müßiggänger der Festung, die hier auf den Steinbänken unter einer Plane sitzen, die über den Brunnen gespannt ist, um den Zolleinnehmer vor den Sonnenstrahlen zu schützen. Sie vertrödeln ihre Zeit mit Geschwätz über die Festung, fragen jeden hinzukommenden Wasserträger nach den Stadtneuigkeiten und machen lange Bemerkungen über alles, was sie hören und sehen. Es vergeht keine Stunde des Tages, wo man nicht müßige Hausfrauen und untätige Dienstmägde sehen kann, die mit dem Krug auf dem Kopf oder in der Hand verweilen, um sich auch nicht das letzte Wort des Klatsches dieser ehrenwerten Schwätzer entgehen zu lassen.

Unter den Wasserträgern, die dereinst häufig zu diesem Brunnen kamen, war auch ein untersetzter, breitschultriger kleiner Bursche mit krummen Beinen namens Pedro Gil, den man aber kurzweg Peregil nannte. Als Wasserträger konnte er natürlich nur ein Gallego sein, das heißt, aus der Provinz Galicien stammen. Die Natur scheint beim Menschen genau wie bei den Tieren Rassen für verschiedene Arten von Plackerei gebildet zu haben. In Frankreich sind alle Schuhputzer Savoyarden, alle Hotelportiers Schweizer, und zur Zeit der Reifröcke und des Haarpuderns in England konnte keiner einer Sänfte einen gleichmäßigeren Schwung geben als ein irischer Sumpftreter. Und in Spanien sind alle Wasser- und Lastträger untersetzte kleine Galicier. Niemand sagt: ›Ruft mir einen Träger!‹, sondern: ›Ruft einen Gallego!‹

Um nicht länger abzuschweifen: Peregil, der Gallego, hatte sein Geschäft nur mit einem großen irdenen Krug begonnen, den er auf der Schulter trug. Doch allmählich brachte er es in der Welt zu etwas und konnte sich einen Helfer aus einer entsprechenden Tierklasse kaufen, nämlich einen zottigen kleinen Esel. Auf jeder Seite dieses langohrigen Helfers hingen in einer Art Tragekorb seine Wasserkrüge, bedeckt mit Feigenblättern zum Schutz gegen die Sonne. In ganz Granada gab es keinen fleißigeren Wasserträger und übrigens auch keinen fröhlicheren. Die Straßen hallten von seiner munteren Stimme wider, wenn er hinter seinem Esel trottete und dabei das bekannte Sommerlied sang, das in allen spanischen Städten erklingt: »Quien quiere agua – agua mas fria que la nieve?« – »Wer will Wasser – Wasser kälter als Schnee? Wer will Wasser aus dem Brunnen der Alhambra, kalt wie Eis und klar wie Kristall?« Wenn er einen Kunden mit einem prickelnden Glas bediente, geschah das immer mit einem freundlichen Wort, das ein Lächeln hervorrief, und war es zufällig eine schöne Dame oder ein junges Mädchen mit Grübchen, so geschah es immer mit einem verstohlenen Seitenblick und einem Kompliment über ihre Schönheit, das unwiderstehlich war. Deshalb galt Peregil, der Gallego, in ganz Granada als einer der höflichsten, freundlichsten und glücklichsten Menschen. Aber nicht dem ist das Herz leicht, der am lautesten singt und am meisten scherzt. Hinter dieser äußeren Fröhlichkeit verbarg der ehrliche Peregil seine Nöte und Sorgen. Er hatte etliche zerlumpte Kinder zu ernähren, die stets hungrig waren, wie junge Schwalben im Nest lärmten und ununterbrochen nach Brot riefen, sobald er abends nach Hause kam. Wohl hatte er eine Gehilfin, aber sie bedeutete eher alles andere als eine Hilfe für ihn. Vor ihrer Heirat war sie eine Dorfschönheit gewesen, bekannt für ihre Geschicklichkeit, den Bolero zu tanzen und mit den Kastagnetten zu schlagen, und sie hing noch immer an ihren früheren Neigungen, gab das sauer verdiente Geld des ehrlichen Peregil für allerlei Trödel aus und beanspruchte sogar den Esel für Landpartien an Sonntagen und an jenen zahlreichen Festtagen, von denen es in Spanien mehr gibt, als Tage in der Woche sind. Darüber hinaus war sie eine Schlampe, eine Langschläferin und vor allem eine Klatschbase reinsten Wassers, die Haus und Familie und alles andere vernachlässigte und schlampig in den Häusern ihrer schwatzhaften Nachbarinnen herumlungerte.

Er aber, der das geschorene Lamm hütet, legt dem unterwürfigen Nacken auch das Ehejoch an. Peregil ertrug die schwere Bürde von Frau und Kindern so demütig wie sein Esel die Wasserkrüge, und wie sehr er auch insgeheim die Ohren schütteln mochte, wagte er doch nie, die hauswirtschaftlichen Fähigkeiten seiner schlampigen Frau anzuzweifeln.

Auch seine Kinder liebte er wie eine Glucke ihre Küken, da er sich in ihnen vervielfältigt und verewigt sah, war es doch eine untersetzte, breitschultrige kleine Bande mit krummen Beinen. Die größte Freude des ehrlichen Peregil aber war es – wann immer er sich einen dürftigen Feiertag erlauben und eine Handvoll Maravedis erübrigen konnte –, den ganzen Wurf mit sich hinauszunehmen, einige auf den Armen, ein paar an seinen Rockschößen hängend und die restlichen ihm auf den Fersen folgend, und sich mit ihnen in den Obstgärten der Vega zu belustigen, während seine Frau mit ihren Sonntagsfreundinnen in den Angosturas des Darro tanzte.

Einmal hatten in einer späten Sommernacht die meisten Wasserträger ihre mühsame Arbeit schon beendet. Der Tag war ungewöhnlich heiß gewesen; es war eine jener herrlichen Mondnächte, welche die Bewohner südlicher Länder dazu verleitet, sich für die Hitze und Trägheit des Tages schadlos zu halten, indem sie im Freien bleiben und bis in die späte Nacht hinein die milde Luft genießen. Es waren daher auch noch Wasserkunden in den Straßen. Peregil, als aufmerksamer und fleißiger Vater, dachte an seine hungrigen Kinder. »Noch einmal bis zum Brunnen«, überlegte er, »und ich habe für die Kleinen einen Puchero zum Sonntag verdient.« Bei diesen Worten schritt er beherzt den steilen Zugang zur Alhambra hinauf, sang ein Lied und gab ab und zu seinem Esel einen derben Schlag mit dem Knüttel in die Flanken, entweder als Takt zum Lied oder als Erfrischung für das Tier, denn harte Schläge dienen in Spanien schon seit eh und je als Futter für die Lasttiere.

Als er beim Brunnen ankam, fand er dort weiter niemanden als einen einsamen Fremden in maurischem Gewand, der im Mondschein auf einer steinernen Bank saß. Peregil blieb stehen und betrachtete ihn staunend und nicht ohne Furcht, aber der Maure winkte ihm leise, näher zu kommen.

»Ich bin schwach und krank«, sagte er, »helft mir in die Stadt hinunter, und ich werde Euch das Doppelte von dem bezahlen, was Ihr mit Euren Wasserkrügen verdienen könnt.«

Das ehrliche Herz des kleinen Wasserträgers wurde bei der Bitte des Fremden von Mitleid gerührt. »Gott bewahre«, sagte er, »daß ich Geld oder eine Belohnung für einen Akt der Menschlichkeit verlange!« Damit half er dem Mauren auf seinen Esel und führte ihn langsam nach Granada, und der arme Moslem war so geschwächt, daß er ihn auf dem Tier festhalten mußte, damit er nicht herabfiel.

Als sie in die Stadt kamen, fragte der Wasserträger, wohin er ihn bringen sollte.

»Ach«, sagte der Maure schwach, »ich habe weder Haus noch Wohnung. Ich bin hier fremd. Laßt mich heute nacht unter Euerm Dach schlafen, und Ihr sollt reich dafür belohnt werden!«

Der ehrliche Peregil sah sich auf einmal mit einem ungläubigen Gast am Hals, aber er war zu gutmütig, um einem Mitmenschen in einer so hoffnungslosen Lage für eine Nacht seinen Schutz zu verweigern, und führte den Mauren in seine Hütte. Die Kinder, die wie gewöhnlich beim Eselgetrappel mit offenem Mund herausgelaufen kamen, liefen erschreckt schnurstracks wieder hinein, als sie den Fremden mit dem Turban erblickt hatten, und versteckten sich hinter ihrer Mutter. Diese aber kam furchtlos heraus, wie eine aufgeplusterte Gluckhenne vor ihrer Brut, wenn sich ein herumstreunender Hund nähert. »Wer ist dieser Ungläubige«, rief sie, »den du zu so später Stunde ins Haus bringst, um das Auge der Inquisition auf uns zu lenken?«

»Sei ruhig, Frau«, erwiderte der Gallego, »das ist ein armer kranker Fremder, ohne Freund und ohne Heim. Willst du ihn fortschicken, auf daß er draußen stirbt?«

Die Frau wollte noch weitere Einwände erheben, denn wenn sie gleich in einer elenden Hütte lebte, so hielt sie doch streng auf die Ehre ihres Hauses, aber der kleine Wasserträger war zum ersten Mal in seinem Leben widerspenstig und ließ sich nicht ins Joch spannen. Er half dem armen Moslem beim Absteigen und breitete ihm eine Matte und ein Schafsfell im kühlsten Teil des Hauses auf dem Boden aus, das einzige Bett, das er ihm in seiner Armut bieten konnte.

Nach einer kleinen Weile wurde der Maure von heftigen Krämpfen befallen, und der einfache Wasserträger mußte seine ganze Geschicklichkeit aufbieten, um ihm beizustehen. Das Auge des armen Kranken wußte diese Güte zu schätzen. Während die Krämpfe einmal aussetzten, rief er ihn an seine Seite und sagte mit leiser Stimme: »Ich fürchte, mein Ende ist nahe. Wenn ich sterbe, vermache ich Euch diese Schatulle zum Lohn für Eure Barmherzigkeit.« Er öffnete seinen Albornoz oder Mantelumhang und wies auf eine kleine Büchse aus Sandelholz, die um seinen Leib gebunden war. »Möge Euch Gott noch viele Lebensjahre schenken«, erwiderte der ehrliche kleine Gallego, »damit Ihr Euch Eures Schatzes erfreut, was auch immer es sein mag.« Der Maure schüttelte den Kopf. Er legte seine Hand auf die Schatulle und wollte noch etwas sagen, aber die Krämpfe setzten verstärkt wieder ein, und kurz darauf starb er.

Die Frau des Wasserträgers führte sich nun wie eine Irre auf. »Das hast du von deiner dummen Gutmütigkeit!« sagte sie. »Immer rennst du ins Verderben, weil du anderen einen Gefallen tust. Was wird bloß aus uns, wenn diese Leiche in unserem Haus gefunden wird? Man wird uns als Mörder ins Gefängnis werfen, und wenn wir gleich mit dem Leben davonkommen, so werden uns die Advokaten und Gerichtsdiener zugrunde richten.«

Der arme Peregil befürchtete das gleiche und bereute beinahe, daß er eine gute Tat vollbracht hatte. Schließlich kam ihm ein Gedanke. »Es ist noch nicht Tag«, sagte er, »ich kann die Leiche aus der Stadt schaffen und sie im Sand am Ufer des Genil vergraben. Niemand hat den Mauren unser Haus betreten sehen, und keiner wird erfahren, daß er hier gestorben ist.«

Gesagt, getan. Die Frau half ihm; sie wickelten den Leichnam des unglücklichen Moslem in die Matte, auf der er gestorben war, legten sie auf den Esel, und Peregil machte sich damit auf den Weg zum Flußufer.

Aber wie es das Unglück wollte, lebte dem Wasserträger gegenüber ein Barbier mit Namen Pedrillo Pedrugo, einer der neugierigsten, schwatzhaftesten und boshaftesten seiner redseligen Zunft. Er war ein hohlwangiger, spindeldürrer Schurke, unterwürfig und intrigant. Der berühmte Barbier von Sevilla konnte ihn im Hinblick auf seine allseitige Kenntnis der Angelegenheiten anderer Leute nicht übertreffen, und er war unfähig wie ein Sieb, etwas für sich zu behalten. Es hieß, daß er zeitweilig nur mit einem Auge schlief und ein Ohr unbedeckt ließ, damit er sogar beim Schlafen alles hören und sehen konnte, was vor sich ging. Soviel ist gewiß, daß er eine Art Skandalchronik für die Klatschmäuler Granadas war und mehr Zulauf hatte als seine anderen Zunftgenossen.

Dieser neugierige Barbier hörte den Peregil zu ungewöhnlich später Stunde heimkommen und vernahm die Ausrufe seiner Frau und seiner Kinder. Sogleich steckte er den Kopf aus einem kleinen Fenster, das ihm als Ausguck diente, und er sah seinen Nachbar einen Mann in Maurenkleidung in seine Hütte führen. Dies war ein so sonderbarer Vorfall, daß Pedrillo Pedrugo in dieser Nacht kein Auge schloß. Alle fünf Minuten war er an seinem Ausguck, beobachtete das Licht, das bei seinem Nachbarn durch die Türspalten fiel, und vor Tagesanbruch sah er dann Peregil mit seinem ungewöhnlich beladenen Esel aufbrechen.

Der Barbier zappelte vor Neugierde. Er warf seine Kleider über, stahl sich leise hinaus und folgte dem Wasserträger in sicherer Entfernung, bis er ihn am sandigen Ufer des Genil ein Loch schaufeln und etwas eingraben sah, das einer Leiche glich.

Der Barbier eilte nach Hause, machte sich in seinem Laden zu schaffen und stellte bis zum Sonnenaufgang alles auf den Kopf.

Dann nahm er ein Becken unter den Arm und begab sich zum Haus seines täglichen Kunden, des Ortsrichters.

Der Alkalde war eben aufgestanden. Pedrillo Pedrugo setzte ihn auf einen Stuhl, legte ihm eine Serviette um den Hals, hielt das Becken mit heißem Wasser unter sein Kinn und begann mit den Fingern seinen Bart zu erweichen.

»Was es doch alles gibt!« sagte Pedrugo, der Barbier und Neuigkeitskrämer zugleich war. »Seltsame Dinge! Raub und Mord und Begräbnis, alles in einer Nacht!«

»Nanu! Wie? Was sagt Ihr da?« fragte der Ortsrichter.

»Ich sage«, erwiderte der Barbier und rieb mit einem Stück Seife Nase und Mund des Würdenträgers ein, denn ein spanischer Barbier verschmäht den Gebrauch eines Pinsels, »ich sage, daß Peregil, der Gallego, einen maurischen Muselman in dieser gesegneten Nacht ausgeraubt, ermordet und begraben hat. Maldita sea la noche – Verflucht sei die Nacht!«

»Aber woher wißt Ihr das alles?« fragte der Alkalde.

»Geduldet Euch, Señor, und Ihr werdet es erfahren«, entgegnete Pedrillo, faßte ihn bei der Nase und fuhr mit dem Barbiermesser über seine Wange. Dann berichtete er alles, was er gesehen hatte, und führte zur gleichen Zeit beide Tätigkeiten aus, schor seinen Bart, wusch ihm das Kinn und trocknete ihn mit einer schmutzigen Serviette ab, während er den Moslem ausplünderte, mordete und verscharrte.

Nun fügte es sich so, daß dieser Alkalde einer der anmaßendsten und obendrein despotischsten und korruptesten Geizhälse in ganz Granada war. Es ließ sich aber nicht leugnen, daß er die Gerechtigkeit hoch einschätzte, denn er verkaufte sie nach Gewicht in Gold. Er nahm an, daß es sich beim vorliegenden Fall um einen Raubmord handelte, und ohne Zweifel mußte es eine reiche Beute geben; aber wie konnte diese für die rechtmäßigen Vertreter des Gesetzes sichergestellt werden? Den Schuldigen nur zu überführen – das hieße, den Galgen zu füttern; aber die Beute zu ergattern – das würde den Richter bereichern, und das war seiner Überzeugung nach der Endzweck der Gerechtigkeit. Nachdem er sich das überlegt hatte, ließ er seinen vertrauenswürdigsten Gerichtsdiener kommen – einen hageren, hungrig aussehenden Schurken, der nach Sitte seines Standes die alten spanischen Gewänder trug, einen an den Seiten aufgeschlitzten Biberpelz, eine malerische Halskrause, einen kleinen schwarzen Umhang, der ihm von den Schultern hing, und abgetragene schwarze Unterkleider, die seine magere, knochige Gestalt hervorhoben, während er in der Hand einen dünnen weißen Stab trug, das gefürchtete Wahrzeichen seines Amtes. So also sah der gesetzliche Bluthund altspanischer Rasse aus, den er auf die Spur des unglücklichen Wasserträgers ansetzte, und er war in solcher Eile und so sicher, daß er dem armen Peregil auf den Fersen folgte, ehe dieser noch seine Hütte erreicht hatte, und ihn mitsamt seinem Esel unverzüglich vor den Vertreter des Rechts schleppte.

Der Alkalde warf ihm einen seiner schrecklichsten Blicke zu. »Hör zu, Verbrecher!« brüllte er mit einer Stimme, daß dem kleinen Gallego die Knie zitterten, »hör zu, Verbrecher! Es nützt dir nichts, wenn du deine Schuld leugnest. Ich weiß alles. Der Galgen ist der richtige Lohn für das Verbrechen, das du begangen hast. Aber ich will Nachsicht walten lassen und auf die Stimme der Vernunft hören. Der Mann, der in deinem Haus ermordet wurde, ist ein Maure, ein Ungläubiger, ein Feind unseres Glaubens. Du hast ihn zweifellos in einem Anfall religiösen Eifers erschlagen. Ich will daher nachsichtig sein. Bring sein Eigentum her, das du ihm abgenommen hast, und wir werden die Sache vertuschen.«

Der arme Wasserträger rief alle Heiligen als Zeugen seiner Unschuld an, aber kein einziger erschien, und wären sie gekommen, hätte der Alkalde allen Heiligen des Kalenders zusammen nicht geglaubt. Der Wasserträger berichtete die Geschichte von dem sterbenden Mauren so einfach, wie es der Wahrheit entsprach, aber es war alles vergebens. »Willst du weiterhin behaupten«, fragte der Richter, »daß dieser Moslem weder Gold noch Juwelen hatte, nach denen dir der Sinn stand?«

»Bei meiner Seel, Euer Gnaden«, erwiderte der Wasserträger, »er besaß nichts als eine kleine Schatulle aus Sandelholz, die er mir als Lohn für meinen Beistand vermachte.«

»Eine Schatulle aus Sandelholz! Eine Schatulle aus Sandelholz!« rief der Alkalde, und seine Augen funkelten bei dem Gedanken an kostbare Juwelen. »Und wo ist diese Schatulle? Wo hast du sie versteckt?«

»Wenn Euer Gnaden belieben«, antwortete der Wasserträger, »sie ist in einem der Tragkörbe meines Esels und steht Euer Gnaden gern zur Verfügung.«

Er hatte kaum zu Ende gesprochen, da stürzte der eifrige Gerichtsdiener schon fort und kehrte alsbald mit der geheimnisvollen Schatulle aus Sandelholz zurück. Der Alkalde öffnete sie hastig mit zitternder Hand; alle drängten sich heran, um die darin vermuteten Schätze zu sehen, aber zu ihrer Enttäuschung enthielt sie nur eine Pergamentrolle mit arabischen Buchstaben und das Ende einer Wachskerze.

Wenn man durch die Überführung eines Gefangenen keinen Gewinn erwarten kann, ist sogar in Spanien die Gerechtigkeit manchmal gerecht. Als sich daher der Alkalde von seiner Enttäuschung erholt und festgestellt hatte, daß es in dem Fall wirklich keine Beute gab, hörte er gleichgültig der Erklärung des Wasserträgers zu, die durch das Zeugnis seiner Frau bekräftigt wurde. Da er nun von seiner Unschuld überzeugt war, entließ er ihn aus dem Gefängnis, ja, er gestattete ihm sogar, des Mauren Vermächtnis, die Schatulle aus Sandelholz mit ihrem Inhalt, als wohlverdienten Lohn für seine Menschlichkeit mitzunehmen, behielt jedoch den Esel zum Ausgleich für Kosten und Spesen.

So sah sich der unglückliche kleine Gallego wieder einmal vor die Notwendigkeit gestellt, sein Wasser selbst zu tragen und mit dem großen irdenen Krug auf der Schulter mühsam zum Brunnen der Alhambra hinaufzusteigen.

Als er in der Hitze eines Sommernachmittags langsam den Berg erklomm, verließ ihn seine gewohnte gute Laune. »So ein Hund, dieser Alkalde!« rief er. »Einem armen Mann die Mittel für seine Existenz wegzunehmen und den besten Freund, den er in der Welt hatte!« Bei der Erinnerung an seinen geliebten Leidensgefährten kam sein gutmütiges Wesen wieder zum Durchbruch. »Ach, du Esel meines Herzens!« rief er aus, setzte seine Last auf einem Stein ab und wischte sich den Schweiß von der Stirn. »Ach, mein geliebter Esel! Ich möchte wetten, du denkst an deinen alten Herrn! Ich möchte wetten, daß du die Wasserkrüge vermißt, armes Tier!«

Um seinen Kummer zu mehren, empfing ihn seine Frau bei der Heimkehr mit Jammern und Klagen. Sie war ihm gegenüber im Vorteil, hatte sie ihn doch vor dieser ungewöhnlichen Handlung der Gastfreundschaft gewarnt, die dieses Unglück nach sich zog, und als kluge Frau ergriff sie jede Gelegenheit, ihm ihren überlegenen Scharfsinn unter die Nase zu reiben. Hatten ihre Kinder nichts zu essen oder brauchten sie neue Kleider, sagte sie höhnisch zu ihnen: »Geht zu euerm Vater! Er ist der Erbe des Königs Chico von der Alhambra. Bittet ihn um Hilfe aus der Geldkassette des Mauren.«

War je ein armer Sterblicher so hart dafür bestraft worden, daß er eine gute Tat begangen hatte? Der unglückliche Peregil war an Leib und Seele gebrochen, aber dennoch ertrug er tapfer das Zetern seines Ehegesponses. Doch als sie ihn eines Abends nach eines heißen Tages Mühe wieder verhöhnte, war seine Geduld zu Ende. Er wagte zwar nicht, ihr zu widersprechen, aber sein Auge ruhte auf der Sandelholzschatulle, die halbgeöffnet auf einem Regal lag, als spotte sie über seinen Kummer. Er ergriff sie und warf sie zornig auf den Boden. »Verflucht sei der Tag, an dem ich dich zuerst gesehen«, rief er, »und deinem Herrn unter meinem Dach Schutz gewährt habe!« Als die Schatulle zu Boden fiel, ging der Deckel ganz auf, und die Pergamentrolle fiel heraus.

Peregil blickte die Rolle eine Zeitlang schweigend an. Dann sammelte er seine Gedanken. ›Wer weiß‹, dachte er, ›diese Schriftzeichen sind vielleicht nicht ohne Bedeutung, weil sie der Maure mit solcher Sorgfalt bewahrt hat?‹ Er nahm die Rolle, verbarg sie an seiner Brust, und beim Wasserausrufen am nächsten Morgen blieb er am Laden eines aus Tanger stammenden Mauren stehen, der Schmuck und Duftwässer auf dem Zacatin verkaufte, und bat ihn, ihm den Inhalt zu erklären.

Der Maure las die Schriftrolle aufmerksam durch, dann strich er sich den Bart und lächelte. »Diese Schrift«, sagte er, »ist eine Art Zauberspruch zur Auffindung eines verborgenen Schatzes, auf dem ein Zauberbann liegt. Sie soll eine solche Macht haben, daß die stärksten Bolzen und Riegel, ja, sogar Granitfelsen vor ihr weichen!«

»Pah«, rief der kleine Gallego, »was nützt mir das alles? Ich bin kein Zauberer, und ich weiß nichts von einem verborgenen Schatz.« Er sagte es, nahm seinen Wasserkrug auf die Schulter, ließ die Rolle dem Mauren und machte seine tägliche beschwerliche Runde.

Doch als er sich am selben Abend in der Dämmerung am Brunnen der Alhambra ausruhte, fand er dort einige Klatschmäuler versammelt, und ihr Gespräch wandte sich alten Sagen und übernatürlichen Ereignissen zu, wie das in einer so späten Stunde nicht ungewöhnlich ist. Da sie alle arm wie Kirchenmäuse waren, verweilten sie besonders gern bei dem beliebten Thema der verzauberten Schätze, die von den Mauren in verschiedenen Teilen der Alhambra zurückgelassen worden waren. Vor allem teilten sie alle die Überzeugung, daß tief unter dem Turm der sieben Stockwerke große Schätze verborgen lägen.

Diese Erzählungen machten einen ungewöhnlichen Eindruck auf den armen Peregil, und sie prägten sich ihm immer tiefer ein, als er einsam auf den dunklen Wegen heimwärts ging. »Wenn nun wirklich ein Schatz unter diesem Turm verborgen läge und das Schriftstück, das ich bei dem Mauren ließ, es mir ermöglichte, ihn zu heben!« In der freudigen Erregung, die ihn bei diesem Gedanken plötzlich erfaßte, hätte er beinahe den Wasserkrug fallen lassen.

In dieser Nacht wälzte er sich hin und her und konnte keinen Schlaf finden, so stürmten die Gedanken auf ihn ein. Schon am frühen Morgen eilte er frohgestimmt zum Laden des Mauren und erzählte diesem, was ihm im Kopf herumgegangen war. »Ihr könnt Arabisch lesen«, sagte er, »laßt uns zusammen in den Turm gehen und die Wirkung des Zaubermittels erproben. Wenn es fehlschlägt, so sind wir nicht schlechter dran als vorher; gelingt es aber, dann teilen wir alle gefundenen Schätze gerecht untereinander auf.«

»Halt«, erwiderte der Moslem, »dieses Schriftstück allein genügt nicht, es muß um Mitternacht beim Schein einer Kerze vorgelesen werden, die besonders hergestellt und zusammengesetzt ist, deren Bestandteile ich aber nicht kenne. Ohne eine solche Kerze ist das Pergament nutzlos.«

»Haltet ein!« rief der kleine Gallego. »Ich habe eine solche Kerze und bringe sie sofort.« Er eilte heim und kehrte schon bald mit dem gelben Wachskerzenende zurück, das er in der Sandelholzschatulle gefunden hatte.

Der Maure befühlte es und roch daran. »Es sind seltene und kostbare Duftwässer mit diesem gelben Wachs verschmolzen. Das ist eine solche Kerze, wie sie in der Schriftrolle beschrieben wird. Während sie brennt, werden die stärksten Mauern und die geheimsten Höhlen offen bleiben. Aber wehe dem, der zu lange im Inneren verweilt, und sie erlischt inzwischen! Der bleibt für immer bei dem Schatz verzaubert.«

Sie vereinbarten nun, noch in derselben Nacht das Zaubermittel zu erproben. Zu später Stunde, als sich nichts mehr regte außer Eulen und Fledermäusen, stiegen sie den bewaldeten Hügel zur Alhambra hinan und näherten sich jenem schrecklichen Turm zwischen den Bäumen, der in vielen Sagen eine so schauerliche Rolle spielt. Beim Schein einer Laterne bahnten sie sich mühsam einen Weg durch Büsche und über Gesteinsbrocken bis zur Tür eines Gewölbes im Turm. Voller Furcht und Zagen stiegen sie eine in den Fels gehauene Treppenflucht hinunter. Sie führte zu einer leeren Kammer, die feucht und düster war, und von hier aus ging eine weitere Treppenflucht in ein noch tieferes Gewölbe. Auf diese Weise stiegen sie vier verschiedene Treppen hinab, die in ebensoviele Gewölbe führten, eines unter dem anderen. Der Boden des vierten war jedoch fest, und obgleich der Überlieferung nach noch drei Gewölbe darunter lagen, hieß es, daß man nicht weiter vordringen könne, da diese durch einen starken Zauber verschlossen seien. Die Luft in dem Gewölbe war dumpf und kalt und roch modrig, und es war kaum ein Lichtstrahl zu sehen. Hier blieben sie eine Weile in atemloser Spannung stehen, bis sie die Uhr des Wachtturmes schwach Mitternacht schlagen hörten. Da entzündeten sie die Wachskerze, die einen Duft von Myrrhe, Weihrauch und Balsam verbreitete.

Der Maure begann hastig zu lesen. Er war kaum zu Ende, als ein Krachen wie von unterirdischem Donner zu vernehmen war. Die Erde bebte, und der gähnende Boden gab den Blick auf eine Treppe frei. Zitternd vor Furcht stiegen sie hinab, und beim Schein der Laterne fanden sie sich in einem anderen Gewölbe, bedeckt mit arabischen Inschriften. In der Mitte stand eine große Kiste, die mit sieben Stahlbändern gesichert war. An jedem Ende saß ein verzauberter Maure in Kriegsrüstung, bewegungslos wie eine Statue, gebannt von der Macht der Zauberformel. Vor der Kiste standen mehrere mit Gold, Silber und Edelsteinen gefüllte Krüge. Im größten wühlten sie mit den Armen bis zu den Ellbogen und holten bei jedem Griff etliche Handvoll großer Stücke maurischen Goldes sowie Armbänder und Schmuckstücke desselben Edelmetalls heraus, während ihnen wohl auch hin und wieder ein Halsband aus orientalischen Perlen unter die Hände kam. Unaufhörlich zitternd und heftig atmend, stopften sie die Beute in ihre Taschen und warfen dabei immer wieder furchtsame Blicke auf die zwei verzauberten Mauren, die grimmig und bewegungslos dasaßen und sie anstarrten. Auf einmal vermeinten sie ein Geräusch zu hören und rannten in plötzlicher Panik die Treppen in die obere Kammer hinauf, stolperten übereinander, warfen die Wachskerze um und löschten sie aus, und der Boden schloß sich wieder mit Donnerkrachen.

Voller Angst blieben sie nicht eher stehen, als bis sie sich aus dem Turm herausgetastet hatten und die Sterne durch die Bäume schimmern sahen. Dann setzten sie sich ins Gras, teilten die Beute und beschlossen, sich vorderhand mit dem flüchtigen Abschöpfen der Krüge zufriedenzugeben, in einer anderen Nacht aber zurückzukehren und sie bis zum Grund zu leeren. Um des anderen sicher zu sein, teilten sie auch die Zaubermittel, der eine behielt die Pergamentrolle und der andere die Kerze. Danach brachen sie leichten Herzens und mit überquellenden Taschen nach Granada auf.

Beim Abstieg flüsterte der gewitzte Maure dem einfachen kleinen Wasserträger einen Rat ins Ohr.

»Freund Peregil«, sagte er, »die ganze Sache muß ein tiefes Geheimnis bleiben, bis wir den Schatz gehoben und ihn in Sicherheit gebracht haben. Wenn der Alkalde auch nur ein Wort davon erfährt, sind wir verloren!«

»Gewiß«, antwortete der Gallego, »nichts ist wahrer als das!«

»Freund Peregil«, fuhr der Maure fort, »Ihr seid ein verschwiegener Mann, und ich zweifle nicht, daß Ihr ein Geheimnis wahren könnt, aber Ihr habt eine Frau.«

»Sie wird kein Wort davon erfahren«, antwortete der kleine Wasserträger entschlossen.

»Nun gut«, sagte der Maure. »Ich verlasse mich auf Eure Verschwiegenheit und Euer Wort.«

Noch nie war ein Versprechen fester und aufrichtiger gemeint gewesen. Aber ach! Welcher Mann kann vor seiner Frau ein Geheimnis bewahren? Gewiß nicht einer wie Peregil, der Wasserträger, einer der zärtlichsten und gefügigsten Ehemänner. Bei seiner Heimkehr fand er seine Frau schmollend in einer Ecke sitzen. »So ist's recht«, rief sie, als er eintrat, »endlich kommst du, nachdem du dich die halbe Nacht herumgetrieben hast! Ich wundere mich bloß, daß du nicht wieder einen Mauren als Hausgenossen mitbringst!« Sie brach in Tränen aus, begann die Hände zu ringen und sich an die Brust zu schlagen. »Ich unglückliche Frau!« rief sie. »Was soll aus mir werden? Mein Haus wird von Advokaten und Gerichtsdienern durchsucht und ausgeplündert, mein Mann ein Taugenichts, der nicht einmal mehr Brot für seine Familie nach Hause bringt, sondern Tag und Nacht mit ungläubigen Mauren herumstrolcht! O meine Kinder! Meine Kinder! Was wird aus uns werden? Wir werden noch alle auf die Straße betteln gehen!«

Der ehrliche Peregil war vom Kummer seiner Frau so gerührt, daß er nicht anders konnte, als mit ihr zu jammern. Sein Herz war so voll wie seine Tasche und ließ sich nicht mehr zurückhalten. Er steckte die Hand in die Tasche und holte drei oder vier große Goldstücke heraus und ließ sie in ihren Busen gleiten. Die arme Frau war starr vor Staunen und wußte nicht, was dieser Goldregen zu bedeuten hatte. Und noch bevor sie sich von ihrer Überraschung erholen konnte, zog der kleine Gallego eine Goldkette hervor und ließ sie vor ihren Augen baumeln, während er vor Freude hüpfte und den Mund von einem Ohr bis zum anderen aufriß.

»Heilige Jungfrau, sei uns gnädig!« rief die Frau. »Was hast du getan, Peregil? Du hast doch nicht etwa jemand erschlagen und ausgeraubt?«

Kaum war der armen Frau dieser Gedanke gekommen, da war sie auch schon von ihm überzeugt. Sie sah in der Ferne Gefängnis und Galgen warten und einen kleinen, krummbeinigen Gallego daran hängen, und von diesem durch ihre Phantasie heraufbeschworenen Schrecken fiel sie in hysterische Zustände.

Was konnte der arme Mann schon tun? Ihm blieb kein anderes Mittel, seine Frau zu beruhigen und ihre Einbildungen zu zerstreuen, als daß er ihr die ganze Geschichte seines Glücks erzählte. Er tat es jedoch erst, nachdem er ihr das feierlichste Versprechen abgenommen hatte, es vor allen anderen als tiefstes Geheimnis zu wahren.

Ihre Freude läßt sich einfach nicht beschreiben. Sie umarmte ihren Mann und erstickte ihn fast mit ihren Liebkosungen. »Nun, Frau«, rief der kleine Mann frohlockend, »was sagst du jetzt zum Vermächtnis des Mauren? Schilt mich in Zukunft nicht mehr, wenn ich einem Mitmenschen in der Not beistehe!«

Der ehrliche Gallego legte sich auf seinen Schafpelz und schlief darauf so gut wie auf einem Daunenbett. Nicht so seine Frau. Sie leerte den gesamten Inhalt seiner Taschen auf der Matte aus, zählte die arabischen Goldmünzen, probierte Ketten und Ohrgehänge und schwelgte darin, wie sie aussehen würde, wenn sie sich eines Tages ihrer Schätze erfreuen dürfte.

Am nächsten Morgen nahm der ehrliche Gallego eine große Goldmünze, ging damit zu einem Juwelenhändler auf dem Zacatin und bot sie zum Verkauf an, wobei er angab, er habe sie in den Ruinen der Alhambra gefunden. Der Juwelier sah, daß sie eine arabische Inschrift trug und aus purem Gold war; allein er bot nur ein Drittel ihres Wertes, womit der Wasserträger vollkommen einverstanden war. Peregil kaufte nun neue Kleider für seine Kleinen, alle Arten von Spielsachen und ausreichend Essen für ein kräftiges Mahl und kehrte in seine Hütte zurück, wo er alle seine Kinder um sich her tanzen ließ, während er in ihrer Mitte umherhüpfte, der glücklichste aller Väter.

Die Frau des Wasserträgers nahm ihr Versprechen zu schweigen überraschend ernst. Anderthalb Tage ging sie mit geheimnisvollem Blick und beinahe zum Bersten vollem Herzen umher, doch sie schwieg, obwohl sie von Klatschbasen umringt war. Sie konnte allerdings nicht umhin, sich ein wenig aufzuspielen, entschuldigte sich für ihre zerrissenen Kleider und sprach davon, eine neue Basquiña zu bestellen, über und über mit Goldborte und schwarzen Glasperlen besetzt, sowie eine neue Spitzenmantilla. Sie ließ durchblicken, daß ihr Mann beabsichtige, sein Gewerbe als Wasserträger aufzugeben, da es seiner Gesundheit abträglich sei. Und sie dächte allen Ernstes daran, sich im Sommer mit ihrer ganzen Familie auf das Land zurückzuziehen, damit die Kinder in den Genuß der frischen Gebirgsluft kämen, denn in der heißen Jahreszeit sei es in der Stadt nicht auszuhalten.

Die Nachbarinnen starrten einander erstaunt an und meinten, die arme Frau habe ihren Verstand verloren; und ihr vornehmes Gehabe und ihre Überheblichkeit riefen allgemein Gespött und Belustigung unter ihren Freundinnen hervor, sobald sie ihnen den Rücken gewendet hatte.

Aber wenn sie auch draußen zurückhaltend war, so ließ

sie dafür zu Hause ihren Gefühlen freien Lauf, trug eine Kette aus kostbaren orientalischen Perlen um den Hals, maurische Spangen an den Armen und ein Diamantendiadem auf dem Haupt, stolzierte in ihren alten Fetzen im Zimmer auf und ab und blieb hin und wieder stehen, um sich in einem alten Spiegelscherben zu bewundern. Ja, einer plötzlichen Eingebung ihrer törichten Eitelkeit folgend, konnte sie nicht widerstehen, sich bei Gelegenheit am Fenster zu zeigen und sich an der Wirkung Ihres Putzes auf die Passanten zu weiden.

Wie es das Schicksal wollte, saß Pedrillo Pedrugo, der neugierige Barbier, gerade in diesem Augenblick untätig in seinem Laden auf der anderen Straßenseite, als sein immer wachsames Auge auf einen funkelnden Diamanten fiel. Im Nu war er an seinem Ausguck und beobachtete die schlampige Frau des Wasserträgers, die mit aller Pracht einer morgenländischen Braut herausgeputzt war. Kaum hatte er ihren Schmuck genauer in Augenschein genommen, so begab er sich eilends zum Alkalden. Schon wenig später verfolgte der gierige Gerichtsdiener wieder die Spur, und noch vor dem Abend wurde der unglückliche Peregil erneut vor den Ortsrichter gezerrt.

»Was soll das, Schurke!« rief der Alkalde mit zorniger Stimme. »Hast du mir nicht gesagt, daß der Ungläubige, der in deinem Haus gestorben ist, nur eine leere Schatulle hinterlassen hat, und jetzt höre ich, deine Frau stolziert in ihren Lumpen herum und ist mit Perlen und Diamanten geschmückt! Schurke, der du bist! Gib sogleich die Beute deines unglücklichen Opfers heraus und mach dich auf den Galgen gefaßt, der nicht länger auf dich warten will!« Der eingeschüchterte Wasserträger fiel auf die Knie und berichtete alles über die wunderbare Art und Weise, wie er zu seinem Wohlstand gekommen war. Der Ortsrichter, der Gerichtsbüttel und der neugierige Barbier lauschten begierig dieser arabischen Legende vom verzauberten Schatz. Der Büttel wurde beauftragt, den Mauren herbeizuschaffen, der bei der Beschwörung geholfen hatte. Der Moslem trat ein und war halb von Sinnen, als er sich in der Gewalt dieser gierigen Gesetzeshüter fand. Als er den Wasserträger erblickte, der einfältig und niedergeschlagen dastand, begriff er alles. »Elender«, sagte er, als er an ihm vorbeiging, »habe ich Euch nicht gewarnt, daß Ihr Eurer Frau nichts ausplaudern sollt?«

Die Geschichte des Mauren stimmte genau mit der seines Gefährten überein, aber der Alkalde tat so, als begriffe er nicht gleich, und drohte mit Gefängnis und unerbittlicher Untersuchung.

»Langsam, guter Señor Alkalde«, sagte der Muselman, nachdem er seine gewohnte Schlauheit und Selbstbeherrschung wiedergewonnen hatte. »Laßt uns nicht die Gunst des Glücks auf der Jagd danach verscherzen. Niemand weiß etwas von der Sache außer uns, laßt uns das Geheimnis wahren! Es gibt genug Reichtümer in der Höhle, um uns alle reich zu machen. Versprecht eine gerechte Teilung, und Ihr werdet alles zu sehen bekommen. Andernfalls wird die Höhle für immer verschlossen bleiben!«

Der Ortsrichter beriet sich leise mit dem Gerichtsbüttel. Der war ein schlauer Fuchs in seinem Gewerbe. »Versprecht alles«, sagte er, »bis Ihr im Besitz des Schatzes seid. Dann könnt Ihr Euch alles nehmen, und sollten er und sein Helfershelfer zu murren wagen, dann droht Ihnen mit dem Scheiterhaufen, weil sie Ungläubige und Zauberer sind.«

Der Alkalde nahm den Rat an. Er machte eine freundliche Miene und wandte sich an den Mauren: »Das ist eine seltsame Geschichte«, sagte er, »sie ist vielleicht wahr. Aber ich muß mich erst mit eigenen Augen davon überzeugen. Noch heute Nacht müßt Ihr die Zauberformel in meinem Beisein wiederholen. Wenn es wirklich einen solchen Schatz gibt, werden wir ihn gütlich unter uns teilen und kein Wort mehr über die Angelegenheit verlieren. Habt Ihr mich aber getäuscht, dann erwartet keine Gnade von mir. Indes müßt Ihr in Gewahrsam bleiben.«

Der Maure und der Wasserträger nahmen diese Bedingungen frohen Herzens an, fest davon überzeugt, daß der Ausgang die Wahrheit ihrer Worte bestätigen würde.

Gegen Mitternacht machte sich der Alkalde heimlich auf den Weg, begleitet vom Gerichtsdiener und dem neugierigen Barbier, alle drei stark bewaffnet. Sie führten den Mauren und den Wasserträger als Gefangene mit sich und hatten auch dessen kräftigen Esel mit, um den zu erwartenden Schatz fortzuschaffen. Sie gelangten unbemerkt bis an den Turm, banden den Esel an einem Feigenbaum fest und stiegen in das vierte Gewölbe des Turmes hinab.

Das Schriftstück wurde aufgerollt, die gelbe Wachskerze angezündet, und der Maure las die Zauberformel. Die Erde bebte wie schon vorher, der Boden öffnete sich mit einem Donnerschlag und gab den Blick auf die schmale Treppenflucht frei. Der Ortsrichter, der Büttel und der Barbier erstarrten vor Schreck und brachten nicht den Mut auf, hinabzusteigen. Der Maure und der Wasserträger betraten das Turmgewölbe und fanden die beiden Mauren schweigend und regungslos dasitzend, wie schon beim ersten Mal. Sie nahmen zwei große Krüge, gefüllt mit Goldmünzen und Edelsteinen. Der Wasserträger trug einen nach dem anderen auf seinen Schultern nach oben, aber obwohl er ein kräftiger kleiner Mann war, daran gewöhnt, Lasten zu tragen, schwankte er unter ihrem Gewicht, und als er sie auf beiden Seiten seines Esels festgebunden hatte, fand er sie beinahe zu schwer für das Tier. »Laßt uns für heute zufrieden sein«, sagte der Maure. »Hier gibt es genug Schätze, die wir unbemerkt fortschaffen können, und es ist so viel, daß wir alle nach Herzenslust reich werden können.«

»Sind noch mehr Schätze da?« fragte der Alkalde.

»Das Wertvollste ist noch unten«, sagte der Maure, »eine mit Stahlbändern verschlossene Kiste, die mit Perlen und Edelsteinen angefüllt ist.«

»Wir müssen auf alle Fälle diese Kiste nach oben holen!« sagte der habgierige Ortsrichter.

»Ich steige nicht mehr hinunter«, sagte der Maure ungehalten. »Wer Verstand besitzt, gibt sich damit zufrieden – mehr ist überflüssig.«

»Und ich«, sagte der Wasserträger, »hole keine Last mehr herauf, um meinem armen Esel das Rückgrat zu brechen.«

Als der Ortsrichter sah, daß weder Befehle noch Drohungen oder Bitten fruchteten, wandte er sich seinen beiden Begleitern zu. »Helft mir«, sagte er, »die Kiste heraufzuholen, und ihr Inhalt soll unter uns geteilt werden!« Bei diesen Worten stieg er die Treppe hinab, und der Gerichtsbüttel und der Barbier folgten ihm mit Zittern und Zagen.

Kaum sah sie der Maure ein Stück unter der Erde, da löschte er die gelbe Kerze aus. Der Boden schloß sich mit dem üblichen Getöse, und die drei Ehrenmänner waren im Schoß der Erde begraben.

Darauf eilte er die verschiedenen Treppen hinauf und

blieb erst stehen, als er wieder unter freiem Himmel war. Der kleine Wasserträger folgte ihm, so schnell es seine kurzen Beine zuließen.

»Was habt Ihr getan?« rief Peregil, sobald er bei Atem war. »Der Alkalde und die zwei anderen sind im Gewölbe eingeschlossen.«

»Es ist Allahs Wille!« sagte der Maure demütig.

»Und wollt Ihr sie denn nicht wieder freilassen?« fragte der Gallego.

»Allah bewahre!« antwortete der Maure und strich seinen Bart. »Im Buche des Schicksals steht, daß sie so lange verzaubert bleiben, bis einmal ein Glücksritter kommt und den Zauber löst. Der Wille Gottes geschehe!« sagte er und warf den Wachskerzenstummel hinab in das düstere Dickicht der Schlucht.

Nun gab es kein Mittel zur Rettung mehr. Der Maure und der Wasserträger kehrten mit dem reich beladenen Esel zur Stadt zurück, und der ehrliche Peregil konnte nicht widerstehen, seinen langohrigen Mitarbeiter, den er auf diese Weise aus den Klauen des Gesetzes zurückerhalten hatte, zu umarmen und zu liebkosen, und es war wirklich zweifelhaft, was dem einfachen kleinen Mann zu der Zeit mehr Freude bereitete, der Gewinn eines Schatzes oder die Rückgabe seines Esels.

Die zwei Glücksbrüder teilten ihre Beute gütlich und gerecht, nur daß der Maure mit seiner Vorliebe für Flitterwerk danach trachtete, die meisten Perlen, Edelsteine und anderen Tand auf seinen Haufen zu bekommen, aber dafür gab er dem Wasserträger fünfmal so große Schmuckstücke aus massivem Gold, so daß dieser von Herzen zufrieden war. Sie waren darauf bedacht, nicht zu lange am Ort des

Geschehens zu verweilen, sondern zogen fort, um ihren Reichtum ungestört in einem anderen Land genießen zu können. Der Maure kehrte nach Afrika in seine Geburtsstadt Tanger zurück, und der Gallego brach schleunigst mit seiner Frau, seinen Kindern und seinem Esel nach Portugal auf. Dort wurde er unter den ständigen Ermahnungen und Belehrungen seiner Frau eine nicht unbedeutende Persönlichkeit, denn sie trug dafür Sorge, daß der würdige kleine Mann seinen langen Körper und seine kurzen Beine in Wams und Hosen steckte, einen Federhut trug und sich ein Schwert an die Seite gürtete, und hieß ihn seinen wohlbekannten Namen Peregil ablegen und dafür den wohlklingenden Titel Don Pedro Gil annehmen. Seine Sprößlinge wuchsen als eine kräftige und fröhliche, wenn auch ein wenig untersetzte und krummbeinige Generation auf, während Señora Gil, von Kopf bis Fuß mit Fransen, Spitzen und Bändern besetzt und mit glitzernden Ringen an jedem Finger, zum Musterexemplar einer putzsüchtigen Schlampe wurde.

Was den Alkalden und seine Gehilfen betraf, so blieben sie unter dem großen Turm der sieben Stockwerke eingeschlossen, und dort sind sie auch noch bis auf den heutigen Tag verzaubert. Wann immer es in Spanien an neugierigen Barbieren, betrügerischen Gerichtsbütteln und bestechlichen Richtern mangelt, möge man nach ihnen suchen; aber wenn sie bis zu diesem Zeitpunkt auf ihre Befreiung warten müssen, besteht die Gefahr, daß sie noch bis zum Jüngsten Tag unter dem Zauberbann verbleiben.

Worterklärungen

9 *Schloß der Trägheit:* aus ›Castle of Indolence‹ (1748), einem alle-
gorischen Märchenepos des Schotten James Thomson (1700-
1748), dessen bekannteste Dichtung ›Die Jahreszeiten‹ Haydn seinem Oratorium zugrunde legte.
Tarrytown: von holländischen Ansiedlern am Hudson gegrün-
dete Stadt, in deren Nähe Irving in den letzten Jahren seines Lebens wohnte.

11 *eines hessischen Soldaten:* Von ihrem Landesfürsten an die Engländer verkaufte Hessen wurden im Unabhängigkeitskrieg gegen
die Amerikaner eingesetzt.

17 *Cotton Mathers ›Geschichte der Hexerei in Neuengland‹:* Cotton Mather (1663-1728), neuenglischer Geistlicher, der über
450 Schriften theologischen oder kirchlichen Inhalts verfaßte.
Befürwortete die berüchtigten Hexenprozesse, die in den Jahren
1692/93 in Salem ihren Höhepunkt erreichten.

20 *Saardam:* Gemeint ist die holländische Stadt Zaandam.

30 *Nähabend:* Zusammenkunft von Mädchen und Frauen vor einer
Hochzeit, um Bettdecken zu steppen, mit Tanz zum Schluß.

38 *während des Krieges:* bezieht sich auf den amerikanischen Unabhängigkeitskrieg (1775-1783)
Diversanten: im Original ›cow-boys‹, Schimpfname für Partei-
gänger der Engländer im amerikanischen Unabhängigkeitskrieg,
die die Bevölkerung ausplünderten.
Schlacht von Whiteplains: Niederlage der Amerikaner am 22.
10. 1776 nördlich von New York

39 *Major André:* britischer Generaladjutant (1751 bis 1780), der im
amerikanischen Unabhängigkeitskrieg zwecks Übergabe von
West Point mit den Amerikanern Verhandlungen führen sollte
und bei diesem Auftrag in der Nähe von Tarrytown als Spion gefangengenommen und später gehenkt wurde

51 *Zehn-Pfund-Gerichtshof:* Gerichtshof für Bagatellfälle mit einem Streitwert unter zehn Pfund

52 *Diedrich Knickerbocker:* Pseudonym Irvings, unter dem er die
›History of New York, from the Beginning of the World to the

End of the Dutch Dynasty‹ (Geschichte von New York vom An-
fang der Welt bis zum Ende der holländischen Herrschaft) 1809
herausgab. Später Spitzname für die Nachkommen der holländischen Ansiedler in New York bzw. für die New Yorker.

54 *Cartwright:* William C. (1611-1643), englischer Geistlicher,
Dichter und Dramatiker; Schüler Ben Jonsons

55 *Waterloo-Medaille:* Silbermedaille zum Andenken an die
Schlacht bei Waterloo (1815), in der Napoleon I. entscheidend
durch Wellington und Blücher geschlagen wurde.
Münze der Königin Anna: auf Anordnung der englischen Königin Anna (1702-1714) geprägte Münze zur Erinnerung an die
englischen Siege im spanischen Erbfolgekrieg (1701-1714)

56 *Peter Stuyvesant:* holländischer Gouverneur der 1612 von holländischen Ansiedlern gegründeten Stadt Neu-Amsterdam (später New York)

57 *Fort Christina:* 1655 von den Holländern erobertes Fort im
Staate Delaware, das die Schweden 1638 erbaut und nach ihrer
Königin Christina benannt hatten.

60 *Georg der Dritte:* englischer König (1760-1820)

70 *rote Schlafmütze:* Gemeint ist eine Jakobinermütze, die während
der Französischen Revolution als Symbol der Freiheit getragen
wurde.
eine Fahne mit vielen Sternen und Streifen: die Flagge der Vereinigten Staaten, bestehend aus 7 roten und 6 weißen waagerech-
ten Streifen als Symbol für die 13 ehemaligen Kolonien und aus
Sternen auf blauem Grund in der linken oberen Ecke, deren Anzahl mit den zu den USA gehörenden Staaten identisch sein soll
General Washington: George W. (1732-1799), Plantagenbesitzer
aus Virginia, Oberbefehlshaber der Amerikaner im Unabhängigkeitskrieg (1775 bis 1783), erster Präsident der USA (1789-
1797)

71 *Bunker's Hill:* Hügel bei Boston, wo die amerikanischen Truppen im Juni 1775 nach anfänglichen Vorteilen den Engländern
unterlagen
Helden von Sechsundsiebzig: bezieht sich wohl auf das Gefecht
bei Trenton (New Jersey), wo Washington am 26. 12. 1776 in kri-
tischer Lage ein kühner Handstreich gelang. – Am 4. Juli 1776

hatten sich die 13 neuenglischen Kolonien mit der ›Declaration of Independence‹ für unabhängig vom englischen Mutterland erklärt.

Föderalist oder Demokrat: Die Föderalisten erstrebten als Anhänger Washingtons eine starke Bundesgewalt, während die Demokraten eine weitestgehende Unabhängigkeit der einzelnen Staaten forderten.

72 *Tory:* hier Bezeichnung für Anhänger Englands oder König Georgs III. im amerikanischen Unabhängigkeitskrieg
Stony Point: von den Amerikanern am 18. 6. 1779 eingenommenes englisches Fort am linken Hudsonufer

73 *Antony's Nose:* Vorgebirge an der Hudsonmündung, wo 1777 ein Gefecht stattfand

76 *von seinem Vorfahr:* dem Holländer Adrian Vanderdonk, der 1656 eine Beschreibung der von den Holländern besiedelten nordamerikanischen Gebiete veröffentlichte
Hendrick Hudson: Henry Hudson (1550-1611), englischer Seefahrer; entdeckte 1609 den nach ihm benannten Fluß im Staat New York

104 *Maurenkönig namens Aben Habuz:* Nach maurischen Chroniken drang A. H. 711 mit den Mauren in Spanien ein, wurde Kommandant von Granada und später König.

106 *Alhambra:* zum großen Teil aus dem 14. Jahrhundert stammendes Lustschloß der maurischen Könige bei Granada mit Säulenhöfen und farbenprächtigen Arabesken, ein Glanzpunkt maurischer Kunst.

107 *Allah akbar:* arab., Gott ist der Höchste
Amru: berühmter arabischer Feldherr, gestorben 664; eroberte Ägypten und gründete das heutige Alt-Kairo; im Jahre 661 zum Statthalter von Ägypten ernannt.

109 *chaldäische Schriftzeichen:* Die dem Hebräischen nahe verwandte chaldäische Sprache war die Hauptumgangssprache der Juden im assyrisch-babylonischen Weltreich. Die Chaldäer beschäftigten sich viel mit okkulten Wissenschaften und standen im Ruf der Sterndeuterei und Wahrsagerei.

116 *Zacatin:* Trödlermarkt mit vielen Geschäften in Granada

120 *Derwisch:* Angehöriger eines islamischen Bettelordens

Zu dieser Ausgabe

insel taschenbuch 3451: Washington Irving, *Sleepy Hollow und andere unheimliche Geschichten*. Der Text folgt in leicht veränderter Fassung dem Band: Washington Irving, *Rip van Winkle*. Ausgewählte Kurzgeschichten. Aus dem Amerikanischen von Erika Gröger. Insel-Verlag Leipzig 1976. Umschlagfoto: Filmszene aus »Sleepy Hollow« (USA 1999) © Paramount Pictures/Cinetext Bildarchiv